Louis MAURECY

Coupable

Bernard, Imprimeur Éditeur, Paris.

Petite Collection E. BERNARD

N° 27

L'Amour Coupable

Par Louis Maurecy.

PARIS

E. BERNARD, IMPRIMEUR-ÉDITEUR

29, Quai des Grands-Augustins, 29

L'Amour Coupable

I

A la dernière marche de l'escalier, Claire s'arrêta, hésitant à franchir cette porte qui la séparait de l'enfer.

Mais que faire ? où aller ? Machinalement, la jeune fille mit la main à sa poche, tâta le porte-monnaie... Trois sous ! Elle avait trois sous pour toute fortune ! Avec cela, ni pain, ni gîte !... Il fallait affronter encore la colère de l'alcoolique, vivre cette dernière nuit, sous ce toit maudit, puis le lendemain, avec les 18 francs qu'elle toucherait de sa semaine, échapper aux serres du vautour : fuir !

Et dans cet espoir de délivrance prochaine, la jeune fille trouva la force de sonner ; elle n'avait pas de clef pour rentrer chez elle.

Personne ne répondit. Un second coup, un troisième ; rien.

— Il n'est pas encore rentré, murmura-t-elle, découragée ; pourvu qu'il revienne avant demain. Que ferais-je cette nuit ?

Elle eut un frisson. On était au mois de décembre,

l'hiver se montrait rigoureux, et ce palier du cinquième étage était glacial.

La jeune fille, appuyée à la porte, attendait en songeant tristement.

Mais comme ses jambes se fatiguaient, elle posa près d'elle le sac de cuir noir dans lequel elle emportait son déjeuner, et, serrant contre elle ses vêtements pour se défendre du froid, elle s'assit sur la première marche de l'escalier.

L'heure passait ; personne ne rentrait. Enfin un pas se fit entendre ; la jeune fille se redressa. Si c'était lui ! Elle avait si froid qu'elle désirait le retour de la brute qui la martyrisait. — Mais non, le pas était trop égal pour être celui d'un ivrogne ; c'était la concierge, Mme Flambard, qui venait éteindre la lanterne, seul éclairage à cet étage des logements pauvres.

— Eh bien, la pauvre demoiselle, vous voilà demeurée. Il n'y a donc personne chez vous ?

— Non, Mme Flambard. J'ai sonné et n'ai pas obtenu de réponse. Mon père doit être absent.

— En effet, je ne l'ai pas vu rentrer. Pauvre demoiselle, mais vous ne pouvez rester là. On y gèle.

— Où voulez-vous que j'aille ?

— Descendez chez nous. Vous vous reposerez dans le fauteuil.

— Je vous gênerai.

— Mais non, mais non ; bah ! il faut bien s'obliger entre pauvre monde.

Claire, transie, affamée, allait accepter, à bout de forces, quand Mme Flambard s'avisa.

— Il y a mieux, ma chère demoiselle, je vais vous mettre dans votre lit, moi. Nous autres concierges, nous avons des passe-partout pour ouvrir les portes de nos locataires ; — nous n'allons pas le crier sur les toits, bien sûr, car il y a des gens de mauvaise foi qui trouveraient moyen de nous accuser de curiosité ou de vol, — mais avec vous, je ne me cache pas, et pour vous rendre service, je vais ouvrir votre porte. Attendez-moi.

Quatre à quatre, Mme Flambard descendit l'escalier et revint bientôt avec un trousseau de clefs plus ou moins rouillées, à la main.

Après quelques tentatives, la serrure obéit à la forte poigne de la brave femme, et la porte s'ouvrit.

— Je vous remercie beaucoup, Madame, dit Claire en se hâtant de pénétrer dans le logement.

La porte refermée, la lumière faite, la jeune fille regarda autour d'elle. Un désordre indescriptible régnait.

Du lit — de son lit — les draps étaient arrachés, le traversin était tombé sur le tapis, l'oreiller gisait au milieu de la chambre.

— Et dire que tous les soirs, c'est ainsi, murmura-t-elle. Que pour m'exaspérer, il fait lui-même ce désordre ; que je ne puis m'étendre dans ce lit, un seul soir, sans être forcée de tout remettre en place. Mon Dieu, quelle brute !

Des larmes montèrent à ses yeux.

Tout en songeant, la jeune fille refaisait le lit.

— Oh ! oui, j'en ai assez. Demain, je ne reviendrai

pas. Je suis majeure ; je puis partir... Dix-huit francs par semaine! c'est bien peu pour vivre, cependant avec cela, on peut dormir tranquille, chaque soir, dans un lit, et avoir un morceau de pain pour son dîner, — ce que je n'ai pas eu ce soir, ajouta-t-elle.

Mais, il faut me dépêcher de me mettre au lit avant qu'il ne rentre. Peut-être, en ne me trouvant pas à la porte, ne songera-t-il pas à moi, et pourrai-je cette nuit reposer tranquille.

Quelques minutes plus tard, trop inquiète pour s'endormir, mais étendue dans le lit moëlleux dont les couvertures réchauffaient ses membres glacés, Claire se rappelait le passé.

•

Au seuil de sa vie, le Bonheur l'avait saluée, trompeur messager! Comme pour les autres enfants, le sourire maternel avait jadis extasié ses yeux, et l'enchantement de la voix des mères avait bercé son sommeil.

Combien court avait été ce paradis!

La jeune fille revoyait une scène, bien lointaine, qu'elle avait toujours gardée, là, au fond d'elle-même.

Sur le lit, dans la grande chambre, sa mère, sa belle petite maman au sourire si doux, était étendue, tellement pâle, que son fin visage se perdait dans la blancheur des oreillers. Près d'elle, deux êtres qu'elle aimait bien, — bon papa et bonne maman — sanglotaient. Quant à son père, il était absent depuis plusieurs jours.

Et vite la scène changea à nouveau. Sa mère, toujours endormie, — mais si profondément ! — avait été enfermée dans une grande boîte blanche et emportée loin de la maison, suivie de beaucoup de monde. Alors, l'enfant avait revu son père ; mais il avait la mine si hautaine, si sévère, qu'elle avait eu peur et n'avait pas osé l'embrasser. Lui seul, dans la maison, ne pleurait pas.

Puis, vêtue d'habits neufs, mais si noirs qu'ils lui avaient semblé très laids, Claire était partie avec ses grands-parents, pour un pays très loin, — car le voyage avait été long — très beau — car il y avait partout des arbres, des fleurs et des oiseaux.

Son père l'avait-il embrassée au départ ?

Elle ne le croyait pas ; et cependant, lui aussi, l'avait bien aimée ; autrefois, il n'était pas alors ce qu'il était devenu, hélas ! Il était jeune, beau, élégant, doux. Claire l'aimait bien !... Mais jamais il n'était revenu la voir, en Normandie, où elle habitait. Et elle l'avait oublié. Grand-père et grand'mère étaient si bons pour elle !... Oh ! l'heureuse enfance, l'heureuse jeunesse qu'elle avait passées près d'eux !

Puis, la mort encore était venue tout bouleverser. Ils étaient vieux ; elle était jeune ! Séparés par le Grand Destin, il avait fallu se quitter. Mon Dieu, les mauvais jours ! le déchirant baiser sur les fronts glacés ! le déchirant adieu à tout ce qui l'entourait, à tout ce qui avait été les joies, les affections de son jeune cœur ! — le retour à Paris, près de son père, devenu un inconnu pour elle, de ce père qui semblait ignorer que sa fille existât.

Oh ! l'atroce retour, l'atroce revoir ! Cette brute en face de laquelle elle s'était trouvée, qui l'avait reçue avec une rudesse presque haineuse, qui l'avait conduite dans ce logis misérable, où le désordre régnait. La jeune fille croyait s'être trompée. Son père, cet être ! Impossible. Elle demanda, se renseigna. — Oui, c'était bien lui, M. René Germain, le mari de la jolie maman morte, le papa si jeune, si élégant d'autrefois. Oh !

Cependant, elle voulut être courageuse. Elle remit en ordre le logis, le linge, les vêtements ; elle s'efforça de ramener son père à elle. Vains efforts ! — La misère régnait au foyer.

Claire songea à travailler.

Après bien des efforts, elle trouva à faire des factures dans une maison de commerce de la rue du Sentier. — Trois francs par jour, dix-huit francs par semaine, c'était minime, quoique suffisant, pour sa nourriture et son entretien.

...Mais peu à peu, dans cette rêverie, les songes du passé perdirent de leur précision, les images flottèrent, se confondirent, et Claire s'endormit.

— Nom de D... ! qui a ouvert ma porte !

Cette exclamation, lancée d'un accent formidable, la réveilla brusquement.

Son père rentrait, et comme elle n'avait pu refermer la porte à double tour, il s'apercevait, quoique ivre, avec l'instinct que donne l'habitude, que sa porte avait été ouverte.

Claire se tapit dans les couvertures, retenant son souffle.

Tout en grognant, l'ivrogne fit de la lumière.

— Ah ! la v...., c'est elle qui est rentrée. Elle force les portes, maintenant, la voleuse ! Elle veut tout prendre, me laisser sans le sou, et s'enfuir... Nous verrons bien ; nous verrons bien. — C'est moi qui te jetterai à la porte, gueuse ; mais tu n'emporteras rien, va, rien !

Et les imprécations redoublèrent.

Les pas lourds se rapprochèrent du lit ; un souffle nauséabond, où étaient mêlées des odeurs d'alcool et d'absinthe, pénétra jusque sous les draps.

Claire, immobile, retint sa respiration ; mais une avalanche de coups de poing s'abattit sur elle. Elle ne cria pas, ne bougea pas, déconcertant l'ivrogne.

— Qu'est-ce qu'elle a donc ? cria-t-il. Elle ne bouge pas, maintenant. Elle est peut-être morte. — Allons, tant pis ; cela vaut mieux ; je dormirai tranquille.

Et il gagna sa chambre.

— Non, murmura Claire, quand il se fut éloigné, je ne suis pas morte ; mais bien perdue pour toi !...

II

Il y avait un mois que Claire avait quitté le domicile paternel. Elle en était partie emportant pour toute fortune une pièce de 20 francs, un paquet de son linge personnel et de ses vêtements ainsi qu'un coffret ayant appartenu à sa mère et qui devait demeurer intact en ses mains jusqu'à ses vingt-cinq ans.

La jeune fille s'était mise aussitôt à la recherche d'une modeste chambre.

Et c'est ainsi que rue Rochechouart, dans une maison dont la belle apparence avait un peu rassuré son isolement, elle avait loué, moyennant 1 franc par jour, une mansarde appartenant à la concierge, mais dont celle-ci pouvait disposer depuis qu'elle avait marié sa fille.

Claire vivait là tristement, misérablement, comptant chaque jour l'argent qui lui restait et qui, malgré les privations de toutes natures qu'elle s'imposait, s'épuisait si vite !

Les jours de la semaine étaient encore les moins terribles. Elle était distraite par son travail ; et puis, il faisait chaud au bureau ; mais, le dimanche ! le triste dimanche où, en tête-à-tête avec elle-même, elle raccommodait ses effets, ne recevant le jour que par un carré de vitre enchâssé dans le toit, et n'ayant pas de feu au mois de décembre !

C'était le quatrième dimanche qu'elle passait ainsi. Il était quatre heures.

Elle n'y voyait plus pour coudre et la jeune fille demeurait là, grelottante, la tête dans ses mains, songeant tristement.

— Que vais-je faire pendant toute la longueur de cette soirée ? Allumer ma lampe ? Le pétrole coûte cher et brûle vite, et puis, il fait si froid ici ! Il vaudrait mieux que je sorte. En marchant vite, dehors, j'aurai moins froid.

Sans faire de lumière, au hasard, Claire mit son chapeau, revêtit son manteau et sortit.

Comme elle passait dans le corridor, une femme occupée à remplir un broc se détourna curieusement sur elle, et enhardie par l'air timide de la jeune fille, lui adressa la parole.

— Tiens, c'est vous qui êtes ma voisine ? Vous ne faites guère de bruit et l'on vous aperçoit bien peu. J'en étais encore à me demander qui habitait la chambre à côté de la mienne, voisin ou voisine.

La femme jeune, souriante, parut sympathique à Claire. Pourquoi ne causerait-elle pas un peu ; cela ferait passer le temps.

Elle répondit donc avec un sourire :

— Je suis si peu chez moi !

— Vous travaillez ?

— Oui, je ne rentre que le soir pour dîner et me coucher.

— Ah ! vous dînez ici ? Comment faites-vous votre cuisine ?

— Sur une lampe à alcool ; et puis, souvent je mange de la charcuterie.

— C'est bien froid à cette saison. Vous faites du feu, au moins ?

— Oh ! cela coûte cher !

— Comment, vous restez sans feu ! mais ma pauvre petite, on vous trouvera morte, gelée, un beau matin.

— Que voulez-vous ! Je ne suis pas riche et je ne veux pas faire de dettes. Quand il faut payer son loyer, se nourrir et qu'on ne gagne que 3 francs par jour, on doit savoir se passer de bien des choses.

Un air de commisération passa sur la figure réjouie de l'interlocutrice.

— Combien la concierge vous fait-elle payer votre chambre ?

— 30 francs par mois.

— Ce n'est pas trop cher, mais c'est beaucoup pour vous. Dans la mienne, à cette heure, il y a un bon feu ; c'est pour entretenir, car je suis encore moins chez moi, que vous n'êtes chez vous : je n'y couche pas.

Elle cligna de l'œil.

— J'ai une intrigue avec Joseph, le garçon boucher, et comme il a sa chambre, j'y vais passer la nuit. Que je sois ici, au sixième ou là-bas, qu'est-ce que ça peut faire à Madame, si à six heures du matin je suis à mes fourneaux. N'empêche qu'elle ne le sait pas ; c'est si exigeant les maîtres !

— Et si elle avait besoin de vous ?

— Pas de crainte, elle a la femme de chambre — Espérance — qui couche dans l'appartement. Mais si nous entrions chez moi, il y ferait plus chaud qu'ici pour causer.

Claire avait si froid, que l'idée de se trouver près d'un bon feu lui sourit.

Elle suivit donc la cuisinière dans une chambre semblable à la sienne, mais égayée par un feu de charbon de terre qui brûlait dans la vaste grille de la cheminée.

— Je vais peut-être vous gêner ? objecta la jeune fille. Vous avez sans doute votre dîner à faire ?

— Ne vous inquiétez pas. Les maîtres dînent en ville. Quant à mon dîner, il sera vite cuit. N'est-ce pas qu'il fait meilleur ici que chez vous ? Çà se touche pourtant ; mais le feu, ça change bien une pièce, et aussi les idées.

— C'est vrai ; déjà je me sens toute réconfortée.

— Ça ira mieux encore tout à l'heure. Tenez, nous allons boire à nos santés ; ça nous remettra. J'ai là un peu de bénédictine.

Claire se laissa faire.

— Alors vous êtes toute seule ?

— Oui.

— Pauvre petite ! et vous restez ainsi, sans argent, sans personne à aimer ?

— Que voulez-vous que je fasse, je n'ai plus de parents.

— Et les petits amis, donc ! Ça tient chaud au cœur, et ça aide à vivre. Moi, depuis que je connais Joseph, je suis tout à fait heureuse, et cependant j'ai quitté mon village, ma famille... Il a des amis, Joseph ; on pourrait peut-être... une jolie fille comme vous, ça ne manque pas d'amoureux.

— Je vous remercie, répondit froidement la jeune fille ; mais je n'en veux pas.

— Alors, voyons, est-ce que vous allez continuer à vivre comme ça ? Vous pourriez peut-être trouver à gagner davantage. Vous seriez femme de chambre dans une grande maison, par exemple, votre situation serait meilleure, vous ne manqueriez de rien.

Claire ne répondit pas. Malgré ses malheurs, elle était demeurée fière et avait une invincible répugnance pour tout ce qui se rapprochait de la domesticité.

— Mais à propos, fit la cuisinière devant le peu de succès de sa proposition, nous causons depuis une heure, et nous ne savons pas comment nous appeler.

— Je me nomme Claire Germain.

— Moi, Maria Dupont.

Et comme la cuisinière trouvait peu loquace la jeune fille, elle se mit à parler d'elle et de ses amours avec Joseph.

— Ah ! maintenant, voici l'heure d'aller faire mon dîner. Espérance va rentrer et Joseph doit venir manger avec nous.

— Chez vos maîtres !

— Puisqu'ils ne sont pas là ! Mais au fait, pourquoi ne descendriez-vous pas avec nous ? Il y en a bien pour quatre — et vous verriez Joseph ! ajouta triomphalement la grosse Maria.

Claire hésita. Ces promiscuités froissaient sa nature fine, généralement un peu hautaine. Elle devinait ce que devait être ce Joseph, objet de l'admiration de la cuisinière !

Mais, elle se dit aussi qu'elle allait tout à l'heure retrouver la solitude glaciale de sa chambre, et elle eut un frisson.

— ... Si je ne vous gêne pas, murmura-t-elle, j'accepte de grand cœur.

Le dîner fut parfait.

Joseph était un gros garçon très rouge, très lourd, dont la lèvre s'estompait à peine d'un léger duvet. Il voulait faire de l'esprit et ne parvenait qu'à dire de grosses bêtises, qui avaient le don de dilater la rate de Maria, d'entr'ouvrir pour un sourire, les lèvres pincées d'Espérance et de changer en tomates les joues pâles de Claire.

— Hein ! est-il beau ! disait Maria en tapant sur l'épaule de son amoureux, et a-t-il de l'esprit ! — Ah ! ma petite, si vous en aviez un comme ça !

Et elle baisait Joseph aux lèvres.

— Maintenant, mes enfants, dit Maria, comme on sirotait le café, il va falloir s'éclipser. Je ne sais pas à quelle heure les maîtres vont rentrer et je n'ai pas envie de me faire pincer. Madame a beau avoir ses moments d'exigence, m'est avis que je pourrais tomber plus mal... Allons, ouste, comme dit le sergot. Joseph à tout à l'heure, m'amour — Espérance donne-moi un coup de main. Claire regrimpe là-haut. Tu peux prendre ma chambre, si tu t'y trouves mieux que chez toi. Tu sais, pour l'usage que j'en fais !... Il doit y avoir encore du feu, entretiens-le et couche dans mon lit — les draps sont blancs.

La jeune fille hésitait encore ; mais il faisait si froid dans sa mansarde !

— Je vais profiter de votre offre, dit-elle ; merci et bonsoir.

— J'irai peut-être là-haut quand les maîtres seront revenus, ajouta Maria — histoire de mieux jouer le tour — mais ne crains rien, je ne resterai pas. Qu'est-ce que deviendrait Joseph sans sa femme ; hein, mon pauvre chéri !

On se sépara et Claire, un peu étourdie par les vins, s'endormit ce soir-là, presque heureuse, dans les draps blancs et la chambre tiède.

III

— Je ne peux continuer à vivre ainsi, pensait Claire, installée définitivement dans la chambre de Maria. Les maîtres me pinceront un jour ou l'autre et me feront jeter à la porte comme une voleuse... Il faut absolument que je trouve moyen de gagner ma vie sans le secours de personne.

De son père, elle n'avait aucune nouvelle. Il ne s'était pas inquiété de ce qu'elle était devenue.

— Elle est partie, elle a bien fait, avait-il dit à Mme Flambard.

La jeune fille avisa à la quatrième page d'un journal l'annonce suivante :

« On demande une jeune fille majeure, instruite,
« pour être institutrice dans une riche famille améri-
« caine. Se présenter chez Mme Aubert***, rue de
« Moscou. »

Une heure plus tard, vêtue le plus proprement possible, car ses effets commençaient à se ressentir

de la gêne dans laquelle elle vivait, la jeune fille était introduite près d'une dame d'âge respectable, dont la mise et le ton inspiraient la plus entière confiance.

— Alors, Mademoiselle, vous êtes décidée à vous exiler ?

— Oui, Madame.

— Vous êtes majeure ? Aucun parent ne pourra vous causer des ennuis dans l'exécution de vos projets ?

— Aucun, je suis orpheline, Madame, et j'ai vingt-trois ans.

— C'est parfait. La place est bonne ; la famille riche, généreuse... on ne vous demandera que d'être douce, élégante. Votre santé ?

— Je n'ai jamais été malade, Madame, bien que j'aie supporté de nombreuses privations.

— Je désirerais un certificat de médecin. C'est la seule formalité que j'exige de vous.

— C'est bien, Madame, j'irai demain chez un médecin et vous apporterai sans retard le certificat. Quels sont les appointements ?

— 100 francs par mois. Vous êtes nourrie, logée, blanchie. Cela vous convient-il ?

— Oui, Madame.

— Alors à demain, mon enfant, je compte sur vous.

Claire revint radieuse. 100 francs par mois, logée, nourrie, blanchie...

Vivre dans une famille riche ! être élégante ! Quel rêve !

Ce soir-là, elle s'endormit, rêvant de palais enchantés et de montagnes d'or.

Le lendemain, elle songea au certificat.

A qui allait-elle s'adresser? elle ne connaissait aucun médecin. — Si elle s'informait près de Maria?

Celle-ci lui dit :

— Le docteur de Madame habite tout près d'ici; c'est un jeune homme très doux et que l'on dit très bon. Allez le trouver et ne craignez pas de lui dire votre situation. Il y aura égard et ne vous fera pas payer le certificat.

Le docteur Silvain avait trente-deux ans. Sorti interne des hôpitaux, il s'était fait déjà une certaine réputation.

D'ailleurs, il était sympathique. D'extérieur froid, il avait des yeux doux, qui rassuraient et une voix grave qui persuadait. Les malades lui résistaient peu, il inspirait courage et confiance.

Quand il se trouva en face de Claire il questionna avec un peu d'étonnement.

— Vous souffrez? Mademoiselle.

— Non, Docteur, je viens seulement pour obtenir de vous un certificat constatant mon état de parfaite santé.

— C'est facile, je crois, mais je vais m'en assurer. Mademoiselle, voulez-vous dégrafer votre corsage?

La jeune fille obéit et découvrit une peau éblouissante et la naissance d'une gorge ferme et belle.

— Respirez... Toussez...

— C'est bien, merci. Je puis signer en toute sincérité le certificat que vous me demandez.

Au moment de le lui remettre, il interrogea.

— Sans être indiscret, Mademoiselle, pourrais-je vous demander ce que vous voulez faire de ce papier?

— Le remettre à une personne qui m'a engagée hier comme institutrice.

— Où cela? À Paris?

— Cette personne demeure rue de Moscou; mais il me faudra partir en Amérique.

— Comment avez-vous connu cette personne?

— Par les journaux; elle avait fait insérer une annonce.

— Et vous partez ainsi, sans crainte, pour l'inconnu?

— J'espère trouver un travail me permettant de vivre honorablement.

— En êtes-vous bien sûre?

— Cette femme me l'a affirmé et elle paraît digne de foi.

— Vous êtes bien jeune, Mademoiselle, pour vous en rapporter à votre seul jugement.

— Hélas, docteur, ma situation à Paris, ne me permet pas d'être difficile.

— Vous n'avez plus de parents?

— Non, docteur.

— Votre mère?

— Elle est morte.

— Votre père?

— Il n'existe plus pour moi... C'est un alcoolique dont j'ai été obligé de fuir la brutalité.

— Pauvre enfant ! Et comment vivez-vous ?

— J'ai une place qui me rapporte 75 francs par mois ; c'est la misère. Il faut absolument que je parvienne à gagner davantage.

— Et vous comptez sur les places d'Amérique ?

— Je compte sur un travail plus rémunérateur, voilà tout.

Il y eut un instant de silence ; la tête dans ses mains, le docteur Silvain songeait.

— Que diriez vous si je m'opposais à ce voyage?

— Je vous en demanderais la raison, docteur.

— Et si elle était valable, si elle se rapportait à la moralité, vous m'écouteriez.

— Oui, docteur.

— Vous êtes sage ?

— Oui.

— Eh bien, savez-vous dans quelle famille vous entrerez là-bas ? Dans celle des prostituées !

— Ce n'est pas possible !

— Mademoiselle, croyez-en mon expérience. Je suis sûr de ce que j'avance... Vous doutez ? Je ferai faire une enquête. Quel est le nom et l'adresse de cette femme ?

— Aubert — ***, rue de Moscou.

— Bien. Promettez-moi de me revoir avant de donner votre réponse.

— Docteur, je vous obéis ; je n'irai pas... Et cependant j'étais si heureuse d'avoir trouvé cette place !

— Ne vous désespérez pas ; je m'occuperai de vous... Vous gagnez 75 francs par mois ! c'est peu, en effet ; il vous faudrait vivre dans d'autres conditions. Que penseriez-vous d'une maison de famille où moyennant un prix modique, 50 francs par mois, par exemple, on vous donnerait le logement et la nourriture ! Il existe de ces maisons, qui sont le refuge des jeunes filles seules ; je vais m'informer. Voulez-vous me laisser votre adresse, mon enfant, j'irai vous porter ma réponse.

— Certainement, docteur ; mais, j'habite une mansarde !

— Peu m'importe. Je vais aussi bien dans les chaumières que dans les palais. Il ne faut pas avoir d'orgueil avec les médecins ; ils voient tant de misères ! Considérez-moi comme un ami, mon enfant.

— Je vous remercie docteur et je vous obéis. Je me nomme Claire Germain et j'habite au 59, tout près d'ici. Dans la semaine je ne suis chez moi que le soir, après 6 heures.

— Dans trois jours, c'est dimanche. D'ici là j'aurai les renseignements sur la pension que je désire pour vous, et sur l'enquête que je vais faire rue de Moscou ; j'irai vous les porter dans l'après-midi. Voulez-vous m'attendre ?

— Oui, docteur. Une fois encore merci et à dimanche.

— A dimanche, mon enfant.

Quand Claire revint dans la chambre de Maria, elle s'écroula sur une chaise. Encore un espoir qui s'envolait; mais la bienveillance de son nouvel ami la soutint et elle ne pleura pas.

IV

Le dimanche suivant, Claire se leva de grand matin et réintégra sa chambre dont elle fit la toilette avec soin. A ses yeux, la visite du Docteur prenait les proportions d'un grand événement. De son nouvel ami, elle rêvait toutes les nuits et aussi tous les jours.

Cela lui semblait si bon que quelqu'un s'intéressât à elle. Confiante en la sollicitude du docteur Silvain, elle en avait oublié sa misère, ses espoirs envolés.

La matinée passa vite, mais le déjeuner terminé, les minutes semblèrent des heures à la jeune fille...

Incapable de trouver une occupation, elle demeurait debout devant l'étroit carré de ciel aperçu à travers la vitre, anxieuse, tressaillant au moindre bruit.

...Un léger coup frappé à la porte. — C'est lui! La jeune fille court ouvrir.

— Docteur!

— Mademoiselle!

Le jeune médecin est devant elle; mais son visage grave s'est éclairé d'un sourire. Il a un ton léger qu'elle ne lui connaît pas. Il paraît changé depuis l'autre jour; plus jeune, moins sérieux.

Elle lui désigne un siège, une pauvre chaise de

paille dont la modeste housse de cretonne fleurie cache le délabrement.

— Alors, c'est ici chez vous? Mademoiselle.

— Oui, docteur.

— C'est modeste, et je comprends que les palais luxueux des milliardaires d'Amérique vous aient éblouie.

Le ton était ironique, Claire en fut blessée. Elle répondit froidement :

— Je m'en contenterais, Monsieur, si je n'y souffrais du froid et de la faim.

— Pauvre petite! — Mais pourquoi aussi vous entêtez-vous à demeurer dans la misère?

— Je cherche à en sortir, Monsieur, vous le savez bien.

— Vous prenez de mauvais moyens; vous vous jetez d'un extrême à l'autre. — Vous m'avez dit être sage et vous alliez accepter une place dans une maison de tolérance américaine, — car je ne m'étais pas trompé, Mademoiselle, — Mme Aubert n'est qu'une vulgaire proxénète.

— Vous en êtes sûr? Docteur.

— Absolument. La police finira l'enquête que j'ai commencée.

— Mon Dieu! plus d'espoir. Que vais-je devenir!

— Trouver une place sérieuse à Paris.

— Toujours la solitude!

— A Paris, les jeunes filles demeurent rarement solitaires... — Si le mariage n'est qu'à l'usage des gens riches, l'union libre est à la portée de tous. A Paris, l'*ami* est presque aussi admis que le *mari*.

Claire, surprise douloureusement dans le sentiment de confiante sympathie qui l'avait poussée vers le docteur, devint très pâle, mais elle garda le silence.

— Voyons, continua le jeune homme, cette *amitié* ne vous tenterait-elle pas ? — Si vous trouviez un ami qui vous protègerait et vous aimerait, vous ouvrirait son cœur et sa bourse, vous ne l'accepteriez pas ?

— Non, Monsieur, parce que ces liaisons sont toujours de celles que réprouvent la famille et la société ; qu'elles ont besoin d'excuses et de dissimulation et que moi j'ai toujours marché fière et franche sur la route droite, ne craignant ni le blâme, — ni les yeux de mes chers absents.

Une flamme très douce passa dans les yeux habituellement tristes du jeune homme. Il tendit la main à la jeune fille.

— Mademoiselle Germain, vous êtes une honnête fille et je vous demande pardon des insinuations perfides que j'ai cru devoir me permettre afin de vous éprouver. La vie et son expérience m'ont rendu sceptique ; j'ai tant connu de fausses vertus ! Je vous demande très humblement pardon, Mademoiselle, de mes paroles de tout à l'heure, oubliez-les et considérez-moi comme votre très respectueux ami.

Mais Claire demeura sombre et serra à peine la main que le docteur Silvain lui tendait.

Le jeune médecin comprit qu'il avait froissé cette

âme hautaine que le malheur n'avait pu abattre, qu'il s'était fermé ce cœur qui ne demandait qu'à s'ouvrir. Un nuage de tristesse passa sur son visage et de sa voix grave, presque paternelle, il reprit :

— Mon enfant, pardonnez-moi bien sincèrement et croyez à la pureté de mes intentions en venant ici... Dès le premier instant, j'ai été attiré vers vous par une irrésistible sympathie, car votre apparition a ravivé en moi de douloureux souvenirs, ceux d'une morte aimée, de ma sœur qui avait votre âge et qui nous a été enlevée brutalement, en quelques heures, il y a quatre ans. En vous disant l'impression que m'a produite votre présence, je crois vous exprimer suffisamment le sentiment de respectueuse sympathie qui m'a poussé vers vous. Je craignais de m'être trompé, l'erreur eut été trop douloureuse. Avant de vous accorder mon amitié, j'ai voulu m'assurer que vous en étiez digne.

L'accent était si vrai, que Claire convaincue tendit à son tour la main au jeune homme.

— Docteur, vous ne vous êtes pas trompé. J'ai beaucoup souffert dans ma vie, mais jamais par ma faute.

— Qu'il ne soit donc plus jamais question de ces choses blessantes, mon enfant ; j'ai confiance en vous, ayez confiance en moi et parlons un peu de ce qui pourrait améliorer votre sort. Renoncez à tout espoir de trouver une place avantageuse et sérieuse par voie d'annonce. Le péril est trop grand pour une femme jeune et inexpérimentée comme vous l'êtes.

Il faut, en attendant mieux, conserver votre place actuelle. D'ailleurs, avec le nouveau projet d'existence que je vais vous soumettre, vous n'aurez plus à souffrir de la faim, du froid et de la solitude. — Il y a non loin d'ici, rue Lafayette, une maison religieuse qui prend, comme pensionnaires, des jeunes filles sans famille à Paris, et travaillant au dehors.

Naturellement la moralité de toutes ces personnes est contrôlée sévèrement. Le prix de la pension est modeste ; c'est vraiment une œuvre de charité qui sait respecter la fierté de chacune. Pour 50 francs par mois, vous serez logée et nourrie. Ainsi, vous pourrez vivre sans souffrir, n'est-ce pas ?

— Certes ; mais c'est sans doute l'esclavage. D'ailleurs, je puis vous l'avouer, si j'ai été pieuse, je ne le suis plus. La mort des miens et le malheur m'ont rendue sceptique.

— Je ne pense pas que les religieuses vous imposeront des actes contraires à vos idées. Elles tenteront sans doute votre conversion, mais elles ne l'exigeront pas. D'ailleurs, expliquez-vous en bien sincèrement avec la directrice lors de votre première entrevue avec elle. La franchise est encore le seul vrai moyen de faire respecter sa personnalité.

— Vous avez raison, docteur. Pardonnez-moi si je n'accepte pas votre offre avec plus d'enthousiasme, j'eusse préféré de beaucoup une institution laïque, l'idée de *couvent* donne tout de suite l'impression de murs nus, de grandes pièces froides, silencieuses ; et dans cette atmosphère là, moi j'étoufferai,

— Je crois, Mademoiselle, que l'idée que vous vous faites de cette pension est loin d'être exacte, car songez que vous y rencontrerez une cinquantaine de jeunes filles ne demandant qu'à babiller et à rire. Enfin, vous réfléchirez; mais promettez-moi d'aller voir la directrice. J'ai chargé une de mes clientes, Mme de Croix-Breton de vous recommander particulièrement. Vous y serez bien reçue.

— Docteur, je vous promets d'aller voir la directrice, dimanche prochain, car cette semaine, il va me falloir travailler régulièrement, mes jours d'absence ayant mécontenté mes patrons.

— C'est entendu. Je vais faire annoncer à Mère Marie-Clotilde votre visite pour dimanche, après la Messe... Ou mieux, nous n'y pensions pas !... pour mercredi qui est le 1er janvier. Ce doit être jour férié pour vous aussi ?

— Oui. Triste commencement d'année !

— Mais non ; courage ; je suis sûr que cette vie sera beaucoup moins triste que celle que vous avez ici. Vous aurez des amies.

Claire eut un geste douloureux, exprimant combien peu elle avait confiance en l'amitié.

— Je vais vous quitter, Mademoiselle Claire, vous me permettez de vous appeler ainsi ? Je veux devenir un peu comme un grand frère pour vous et j'espère que mon affection gagnera votre confiance. Faites-moi savoir le résultat de votre entrevue avec Mère Marie-Clotilde. Voici l'adresse du pensionnat. Au revoir, mon enfant, bon courage et bon espoir.

Et le docteur se retira laissant la jeune fille charmée de l'appui qui s'offrait à elle, mais désolée du projet d'esclavage qu'on venait de lui soumettre.

V

— Mère Marie-Clotilde?

Derrière une porte de fer s'ouvrait un long et large corridor que la jeune fille suivit précédée de la sœur converse à laquelle elle s'était tout d'abord adressée.

Le corridor aboutissait à un grand jardin où de nombreux arbres étendaient leurs rameaux nus. Des pelouses, un grand bassin et une statue de la Vierge composaient toute la poésie du lieu. Il était entouré de grands bâtiments ayant l'aspect de casernes avec leurs murs blancs et leurs fenêtres sans rideaux. Tout au fond du jardin, le parloir, une pièce carrée avec des chaises alignées de chaque côté.

La religieuse se retira laissant la jeune fille seule. Claire avait grand envie de pleurer. Une immense impression de solitude l'envahissait. Comme elle se sentait petite, étrangère dans cette vaste maison !

Des rires retentirent sous les fenêtres donnant dans le jardin ; un groupe de jeunes filles passa ; elles avaient l'air heureux ; l'une d'elles portait une brassée de fleurs ; elles arrêtèrent une religieuse, Mère Marie-Clotilde sans doute, qui se dirigeait vers le parloir.

Il y eut quelques paroles d'échangées ; les fleurs passèrent des bras de la pensionnaire dans ceux de la religieuse, des baisers furent donnés, puis le groupe s'éloigna et la sœur ouvrant la porte se trouva en face de Claire avec sa moisson fleurie.

Sous le voile qui cachait en partie la figure, la jeune fille perçut un visage mince, éclairé par de grands yeux noirs dont le regard fouillait l'âme — des yeux de juges, plutôt scrutateurs que doux.

— Mère Marie-Clotilde ? interrogea Claire en tremblant.

— C'est moi, mon enfant.

— Ma Mère, je suis Mademoiselle Germain dont on a dû vous parler tout dernièrement.

— Oui, je sais ; le docteur Silvain qui soigne une de nos pensionnaires, Mme la comtesse de Croix-Breton, vous avait recommandée de façon toute particulière. Voulez-vous vous asseoir, mon enfant, nous allons causer... Vous avez manifesté le désir d'entrer chez nous parce que la solitude vous était pénible ?

— Oui, ma Mère et aussi parce que je gagnais trop peu pour vivre seule.

— Je sais. Ici, nos jeunes filles sont soumises à une règle qui n'est pas sévère mais sage. Elles ne doivent jamais, sous aucun prétexte, car la porte leur demeurerait close, rentrer après neuf heures le soir, le dimanche, elles ne s'absentent que si le motif donné est accepté par notre Mère Supérieure ; leur tenue, coiffure et toilette, ne doit jamais attirer l'attention. Etes-vous disposée à accepter ces conditions ?

— Oui, ma Mère.

— Avez-vous des sentiments religieux, mon enfant ?

car ici nos jeunes filles sont tenues à l'accomplissement de leurs devoirs.

— Je vous avouerai, ma Mère, que je suis catholique, que j'ai eu la foi, mais que depuis longtemps elle agonise en mon âme. Un souffle pourrait la rallumer, mais aussi l'éteindre.

— En vivant parmi nous, votre piété se ranimera. Le bon exemple fait tache d'huile aussi bien que le mauvais. Nous prierons pour vous, mon enfant, afin que Dieu éclaire votre âme. Quand voulez-vous entrer parmi nous ? Ce soir ? demain ?

— Demain, ma Mère, à six heures, pour le dîner.

— Bien, ma fille, nous vous attendrons ; allez en paix.

Claire passa le reste de la journée gaiement ; elle déjeuna et dîna en compagnie de la grosse Maria, d'Espérance et de Joseph.

La cuisinière décidément était un brave cœur. Elle avait compris que la jeune fille, par son éducation, était au-dessus d'elle, et vite elle renonça au tutoiement des premiers jours, pour prendre vis-à-vis de Claire, le ton respectueux qu'elle avait pour parler à ses maîtres.

Ainsi la jeune fille ne fut plus froissée par les contacts vulgaires et pu s'abandonner librement à une amitié qui tenait du dévouement.

Le lendemain soir, au sortir de son travail, Claire vint prendre ses effets, son linge, le coffret secret, tout cela serré dans une valise que lui avait prêtée Maria, et après avoir remercié et embrassé celle-ci, les larmes aux yeux, la jeune fille prit le chemin du couvent.

Derrière la porte de fer, le corridor s'ouvrait presque obscure, éclairé par une simple lanterne.

— Allez au réfectoire, vous y trouverez Mère Marie-Clotilde, avait répondu la sœur tourière sans se déranger. C'est à gauche, dans le jardin.

A l'extrémité du corridor, le jardin apparaissait si noir qu'elle hésita.

Heureusement, derrière elle, un pas se fit entendre. Elle se détourna : une jeune fille s'avançait coquette et jolie malgré la robe noire, très simple, qui la vêtait.

— Mademoiselle pourriez-vous m'indiquer le réfectoire ? questionna un peu tremblante la nouvelle pensionnaire.

— Certainement, Mademoiselle, si vous voulez me suivre, je m'y rends justement. Vous êtes nouvelle, sans doute ?

— Oui, et je reconnais avoir le cœur un peu serré.

— Pourquoi ? La vie est gaie ici, vous ne serez pas malheureuse et vous n'aurez pas le temps de vous ennuyer. La première impression est toujours pénible. Le couvent ! cela effraie les jeunes filles comme nous qui n'avons pas la vocation ; mais ne vous désolez pas, votre tristesse disparaîtra vite, je vous le répète.

En causant ainsi, elles étaient arrivées en face un perron.

— C'est ici, à droite. Entrez, dit la jeune fille.

Dans la vaste salle, dallée de larges pavés noirs et blancs, dix tables étaient alignées sur deux rangs et autour de chacune d'elles six jeunes filles avaient pris place. Elles causaient entre elles, à voix basse.

Complètement dépaysée, séparée de sa compagne qui était allée prendre sa place à table, Claire demeurait sur le seuil du réfectoire, ne sachant à qui s'adresser, trop émue pour distinguer quelqu'un.

Une religieuse vint à elle, mais la jeune fille ne reconnut pas les grands yeux noirs de Mère Marie-Clotilde. Celle-ci avait le visage d'une pâleur de cadavre. Ses yeux bruns étaient sans expression et elle parlait d'une voix dolente qui n'avait aucune nuance. Elle répondait au nom de Mère Marie-Angèle.

— Que voulez-vous ? mon enfant.

— Mère Marie-Clotilde.

— Elle dîne à cette heure ; mais vous êtes sans doute la nouvelle pensionnaire que notre Mère a annoncée ce matin ? Mlle Germain ?

— Oui, ma Mère.

— C'est bien, mon enfant, déposez votre valise, ôtez votre chapeau, votre manteau et venez dîner.

Quelques minutes après Claire venait prendre place à l'une des tables. Un peu de potage, deux sardines, un morceau de fromage, composaient tout le menu du dîner. Le pain était à discrétion, mais il était si dur qu'elle ne put en rassasier sa faim.

A chaque instant les larmes lui montaient aux yeux, elle avait grand'peine à les retenir.

Après le repas, suivant l'exemple de ses compagnes, la jeune fille passa ensuite dans la salle de travail, et comme elle n'avait encore aucune occupation, elle demeura là, mélancolique et songeuse, isolée au milieu de ses compagnes qui devisaient gaiement.

Un peu avant neuf heures, Mère Marie-Clotilde parut. En passant près de Claire, elle lui adressa quelques paroles de bienvenue, puis fit ranger les différents travaux et chacune s'étant mise à genoux, la prière commune commença.

Depuis longtemps déjà, Claire l'avait désapprise, elle l'écouta distraitement, berçant la tristesse de sa rêverie au ton spalmodique de la religieuse et de ses compagnes.

La prière finie, on monta au dortoir.

Là une nouvelle religieuse, Mère Marie-Etienne, mit la jeune fille au courant des habitudes.

Celle-ci était laide avec sa face rouge et ses lunettes; mais elle parut très douce à la jeune fille.

Le lit qu'elle lui indiqua comme étant celui qui lui était destiné — une étroite couchette de fer — n'était pas fait. Avant de s'y reposer, il fallait mettre en ordre draps et couvertures. Pourquoi cette chose si simple fit-elle éclater les sanglots de la jeune fille ?

Depuis son entrée au couvent, elle était parvenue à garder fièrement ses larmes, mais maintenant, elle ne le pouvait plus, sa douleur débordait.

Mère Marie-Etienne s'approcha bienveillante.

— Voyons, mon enfant, pourquoi pleurez-vous ?

Elle répondit avec déchirement :

— Si vous saviez comme je suis lasse de souffrir !

— Chacun a ses peines, mon enfant, mais la créature qui a la foi doit avoir le courage.

Et la religieuse, émue de la douleur profonde de la jeune fille, l'embrassa et lui aida à faire son lit.

Longtemps cette nuit-là, Claire pleura sur l'étroite couchette blanche, étouffant ses sanglots dans les couvertures. Puis dans son cerveau, où le Rêve commençait à faire défiler les Chimères, elle entrevit le doux visage du docteur Silvain, le sourire de la jeune fille qui l'avait introduite, elle entendit les paroles affectueuses de Mère Marie-Etienne et un peu consolée, Claire s'endormit.

VI

Au couvent, Claire ne fut pas malheureuse, comme elle pensait l'être. Certes, le confortable manquait, le nécessaire parfois même aussi, et vite elle s'aperçut que cette œuvre de charité n'était qu'une spéculation plus ou moins fructueuse. Mais parmi ses jeunes compagnes, elle trouva quelques sympathies.

Au dortoir, on causait au lavabo, le soir, en se déshabillant, on *traînait* un peu, on parvenait ainsi à atteindre dix heures, au grand mécontentement de Mère Marie-Etienne qui déjà refugiée sous les amples rideaux qui entouraient son lit renouvelait, en maugréant, les ordres d'aller se mettre au lit.

Hélène Mérina, la jeune fille qui avait accueilli Claire au seuil du couvent, occupait le même dortoir et ainsi leurs bonnes relations s'étaient étendues et solidifiées.

Hélène avait vingt ans. Une splendide chevelure d'un noir d'ébène la casquait d'une torsade simple et élégante. Dans son visage, au teint doré des Espagnoles, les traits avaient quelques irrégularités, mais les yeux sombres et brillants comme le jais lui donnaient de la beauté. Le corps accusait des formes si impeccables qu'elles faisaient le désespoir des Mères. Plus ses toilettes étaient simples, mieux elles faisaient valoir le modelé parfait de la jeune fille. Pour arriver à déformer sa taille charmante, il eut fallu les vêtements amples et grossiers des religieuses.

Au lavabo, alors que ses autres compagnes regardaient l'eau avec des airs hostiles de chatte qui craint de se mouiller, elle aspergeait longuement ses belles épaules qu'elle découvrait encadrées de batiste et de dentelle — car Hélène était une délicate.

Coupeuse dans une des principales maisons de lingerie parisienne, elle avait pris là le goût des jolis dessous. Avec la *gratte* elle se faisait des chemises ravissantes dont la finesse s'harmonisait avec la douceur de son épiderme.

Au couvent, elle avait acquis par sa beauté et son élégance une certaine autorité sur ses compagnes. On l'admirait et on l'aimait.

Claire subit sa domination comme toutes les autres pensionnaires et bien qu'elle trouvât souvent les discours de la jeune fille peu sérieux, elle la fréquenta assidûment.

Elle se lia encore avec une autre pensionnaire, une petite modiste de seize ans, Marthe Vinebault qui, maigre, pâle et chétive paraissait treize ans à peine. Un soir, elle aussi était arrivée pleurant à chaudes larmes. Les religieuses lui avaient donné le lit voisin de celui que Claire occupait, et une partie de la nuit la jeune fille entendit les sanglots de la petite.

Claire ne put longtemps assister indifférente à cette douleur; elle se leva, gagna la chaise près du lit de l'enfant, s'assit et la questionna affectueusement.

— Voyons, ma chérie, qu'avez-vous à pleurer ainsi?... Moi aussi, je suis nouvellement arrivée ici, et bien des chagrins m'y ont conduite.

— Certainement moins terribles que les miens, sanglota la petite.

— Qu'en savez-vous? mon enfant... Moi je suis seule au monde.

— Et moi je viens de perdre ma mère!

— Vous n'avez plus votre père?

— Si; mais il voyage; il ne peut me garder près de lui...

Nous avons été ruinés; dans le désastre ma mère est devenue folle et dans un accès de désespoir s'est suicidée.

— Ma pauvre petite, cette histoire est terrible, en effet et je partage votre peine; mais je serai votre amie, je vous aimerai bien, comptez sur moi...

Et Claire attendrie serrait contre elle la tête de l'enfant et baisait ses yeux mouillés de larmes.

Peu à peu, la respiration de la petite désolée devint plus régulière, et elle s'endormit.

Avec mille précautions, Claire reposa sa tête sur l'oreiller, puis baisant une dernière fois le front de la pauvre Marthe :

— Tu seras ma fille, murmura-t-elle, et je ferai tout pour te défendre contre le malheur.

Dès lors la grande jeune fille et la frêle enfant se trouvèrent liées par une solide amitié.

Mère Marie-Etienne, elle aussi, occupa sa petite place dans le cœur de Claire. Elle était bonne et s'intéressa aux malheurs de sa pensionnaire. La jeune fille qui avait pour la petite Marthe une affection maternelle, eut pour Mère Marie-Etienne une affection filiale.

La Mère chantait divinement; et malgré son scepticisme ce fut à l'église que la jeune fille passa les meilleures heures de son existence claustrale.

Quand dans la demi-lueur que laissaient filtrer les vitraux, au milieu de l'atmosphère embaumée d'encens, la voix de Mère Marie-Etienne s'élevait soutenue par l'harmonium une sorte d'extase s'emparait de Claire. Ses yeux demeuraient fixes, son teint pâlissait et droite sur le prie-dieu, elle rassemblait à une belle statue de la prière. Tout un monde s'ouvrait devant elle : les êtres disparus venaient à ses côtés, la berçaient dans la caresse de leurs gestes et de leurs voix; des êtres irréels, inconnus se joignaient à eux, et presque toujours sa rêverie se terminait par des pleurs, quand les dernières notes de l'harmonium s'éteignaient...

Souvent aussi, la silhouette du docteur Silvain apparaissait aux yeux de la jeune fille.

Elle lui avait écrit un mot mélancolique et résigné, quelques jours après son entrée au couvent. Le surlendemain, elle recevait une réponse.

« Courage, lui disait-il, la vie est mauvaise pour tous; mais là, où vous vous êtes retirée vous semblez être à l'abri du Malheur, et surtout du Mal; si vous n'y connaissez pas les heures de joie, vous n'y connaîtrez pas non plus les heures de douleur, et croyez-le, beaucoup de pauvres êtres ballottés par les flots, voudraient connaître cet asile de paix. »

Quelques jours après le reçu de cette lettre, Mère Marie-Clotilde venait prévenir la jeune fille que quelqu'un l'attendait au parloir. Etonnée Claire y courut et se trouva en face du docteur.

— Eh bien,petite pensionnaire,comment allez-vous?

— Assez bien.

— Mieux qu'autrefois? — Regrettez-vous la mansarde de la rue Rochechouart?

— Non, et si ma vie actuelle n'est pas enviable, elle est au moins acceptable.

— Alors, vous ne m'en voulez pas d'avoir enclos votre liberté des murs de ce cloître?

— Je vous suis reconnaissante, au contraire, de m'avoir fait connaître ce refuge des misères humaines. Ici c'est l'hôpital des âmes douloureuses.

— Qui sait? — Vous y trouverez peut-être votre vocation.

— Oh non! Mon âme n'est pas faite pour la vie d'égoïsme qu'est la vie religieuse. N'aimer que soi, ne penser qu'à soi, ne me convient pas. Mon cœur mourrait d'inanition.

— Vous préférez souffrir encore? Ici, on goûte le calme du sépulcre: ailleurs, toutes les tribulations de la vie qui n'est qu'un tissu de douleurs.

— Mon Dieu, quel désillusionné vous êtes!

— J'ai souffert aussi. Et, bien que je n'aie pas connu les grands malheurs qui ont bouleversé votre jeunesse, je n'ai jamais su goûter la joie de vivre. — Je suis né mélancolique et sceptique; j'ignore l'illusion. — Un malheur passe, l'oubli le suit; mais cette disposition d'esprit, cette tristesse sans cause, elle ne meurt qu'avec l'individu. — Les spiritualistes croient à la pluralité des existences; ils prétendent que souvent des âmes très vieilles habitent de jeunes corps, qu'elles ont affronté plusieurs fois déjà les tempêtes de l'existence: elles en connaissent le néant et apportent devant chaque chose, le scepticisme que donne l'expérience. Là, doit être l'histoire de mon « moi » et l'explication de mon état d'esprit.

Le docteur Silvain avait dit tout cela de sa voix douce et triste. Ses grands yeux étaient fixés sur

Claire, et dans leur mélancolie se lisait une grande bonté, une profonde tendresse.

Claire fut émue du désenchantement de cette âme certes plus malheureuse que la sienne.

Obéissant à une impulsion de pitié, elle prit la main du jeune homme.

— Docteur, dit-elle, je vous assure de toute ma pitié car je vous trouve plus à plaindre que moi, qui croit encore au Bien, au Beau et que l'Espérance vient caresser parfois de ses ailes prometteuses... Ecoutez... peut-être vous paraîtrai-je bien hardie... mais je ne le crois pas... la situation sociale pour vous n'est rien... Or, vous devez savoir que mon esprit est capable de comprendre le vôtre... que mon cœur est digne d'amitié... Vous qui ne croyez en personne; croyez en moi. Ayez confiance en ma reconnaissance, je n'ai personne à aimer, permettez-moi de profiter de la sympathie que ma ressemblance vous a donnée pour moi et faites que je sois un peu votre sœur. Deux hommes sont bien deux amis, pourquoi nos deux cœurs ne le seraient-ils pas — sans arrière pensée, sans aucun autre espoir.

Le jeune homme serra affectueusement la main de celle qui lui parlait ainsi.

— Claire, je vous remercie et j'accepte. Je ne vous trouve pas hardie comme vous l'avez craint; je vous trouve loyale et franche. Et bien souvent j'ai rêvé d'une amitié féminine à l'abri de toute passion, comme celle que vous m'offrez. C'est peut-être là mon seul rêve, ma dernière illusion. Je ne pouvais mieux la réaliser qu'en vous rencontrant. Vous êtes seule, sans appui, sans famille, je veux être pour vous un ami dévoué sur lequel vous pourrez toujours compter. N'est-ce pas ma sœurette ?

— Oui, mon frère. Comment vous appelez-vous?

— Sylvain.

— Sylvain Silvain, alors?

— Oui.

— Eh bien, mon frère Sylvain, comptez sur mon affection.

— Et vous sur la mienne, Claire. — Maintenant je vais vous quitter, car les Mères, quelle que soit leur confiance en moi, doivent trouver que je m'attarde beaucoup trop près de leur jeune pensionnaire. — Ecrivez-moi ; je vous répondrai à votre maison de travail, car les religieuses dans leur étroitesse d'esprit crieraient au scandale en face de notre fraternité... Au revoir, Claire...

— Au revoir, Sylvain.

D'un geste charmant, la jeune fille tendit son front aux lèvres du jeune homme.

Quand il eut disparu, elle envoya un baiser à travers l'espace et murmura avec un accent d'affection profonde :

— Mon *frangin !*

VII

Six mois avaient passé. Dans le jardin, les arbres

s'étaient parés de feuilles, les gazons de fleurs ; les oiseaux chantaient dans la verdure et le soir, dans l'atmosphère tiède et embaumée, les jeunes pensionnaires s'attardaient en de voluptueuses rêveries. — Au couvent, il commençait à faire bon vivre. Claire s'était habituée à cette existence et n'était pas éloignée de se trouver heureuse. Certes elle avait parfois des révoltes d'indépendance. Quand le matin, à la descente du dortoir, Mère Marie-Clotilde, après l'avoir considérée, l'appelait à l'écart et lui disait, un peu sévère :

— Qu'est-ce que c'est encore que cette mode de descendre vos cheveux sur votre front ? Vous savez que cela ne me convient pas ; allez vous recoiffer, mon enfant.

Avec un mouvement rageur, la jeune fille remontait au dortoir, relevait et lissait ses cheveux, et un instant plus tard, ne songeait plus à ce petit incident ; mais ce qui la révoltait davantage. — révolte qui avait une plus noble cause — c'était la façon parcimonieuse avec laquelle les vivres étaient réparties. Autour des tables, ce n'étaient que visages souffreteux. A toutes ces jeunes filles minées par l'atmosphère et le travail des ateliers, il eût fallu une nourriture abondante et reconstituante.

Quand, à bout de forces, sentant la maladie proche, elles se résignaient à acheter des remèdes, Claire considérait, avec indignation, le maigre repas qui leur était servi et se disait que c'était dans cette insuffisance que siégeait le mal.

Les relations entre la jeune fille et le docteur étaient devenues d'une fraternité parfaite. Ils s'écrivaient souvent, et le dimanche, sortaient ensemble. Les jours de pluie, ils allaient au théâtre, les jours de soleil, ils faisaient de longues promenades dans les environs de Paris. Toujours de tenue parfaitement correcte, marchant côte à côte sans jamais s'appuyer aux bras l'un de l'autre, nul ne les prenait pour des amoureux, mais bien pour le frère et la sœur, qu'ils voulaient être.

Au fond d'eux-mêmes, l'étaient-ils encore ?

Leurs cœurs avaient-ils accepté sans révolte, leur pacte d'amitié ? A ces âmes jeunes, libres, vibrantes de tous les enthousiastes, de tous les espoirs, le joug du platonisme ne pesait-il pas ?

Dans les lueurs du jour qui allait s'éteignant, assise dans le jardin du couvent, la jeune fille s'avouait à elle-même que cette fraternité n'avait pas satisfait sa soif d'affection. — Aux premiers jours, elle avait été heureuse de presser cette main loyale, de sentir cette sollicitude près d'elle, d'échanger ses pensées, de communiquer ses projets à celui qu'avec enfantillage, elle appelait *mon frangin*; mais peu à peu, le calme, la joie des premiers jours s'étaient dissipés. Au lieu de revenir joyeuse, réconfortée de leur entrevue du dimanche, Claire rentrait triste, inquiète, ayant ressenti comme un déchirement au fond d'elle-même, lorsqu'il avait fallu quitter le jeune homme à la porte du couvent.

Jamais Sylvain ne l'embrassait ; pourquoi ? Un

frère n'embrasse-t-il pas sa sœur? — Il fuyait tout contact qui eût pu changer leur intimité; leur sympathie était toute morale; pour lui, le physique semblait ne pas exister Et cependant, Claire se faisait charmeuse; quand elle sortait avec le jeune médecin, elle choisissait avec soin le ruban qui devait égayer le corsage sombre; fuyant l'œil des Mères, elle prenait la petite glace de poche et arrangeait ses cheveux coquettement, les attirant en boucles mutines sur le front.

Brune comme Hélène, elle était différente d'elle; il y avait plus de distinction dans sa grâce, son sourire était plus discret, sa beauté moins éclatante, mais plus réelle.

Claire eût voulu ne jamais quitter le jeune homme, vivre de la même vie que lui, dans sa maison, tout près de lui.

Etre séparés, c'était là sa souffrance; elle ne désirait pas autre chose que d'être sa sœur, mais sa sœur de tous les instants, de tous les jours, et pouvoir, dans un baiser, lui exprimer toute son affection.

Et, dans l'atmosphère enivrante de ce soir d'été, la jeune fille continuait à rêver de la douce image, quand une forme gracieuse, vêtue de couleur claire, apparut dans l'ombre.

C'était Hélène. Elle avait ce soir-là un peignoir de batiste mauve, de forme *bébé*, qui laissait à découvert son cou, que rendait plus blanc le contraste des cheveux noirs. Ainsi vêtue, elle était adorable.

En la voyant paraître, au dîner, Mère Marie-Clotilde avait eu une contraction des traits indiquant le mécontentement, mais la religieuse n'avait pu faire aucune observation à la jeune fille, l'étoffe et la coupe étaient d'une extrême simplicité.

— Tiens, c'est vous, *mon petit*, que faites-vous, seule, à l'écart ?

A quoi songez-vous ainsi ?

— Je rêve mélancoliquement.

— Ah !... Il nous manque tant de choses, à nous, pauvres cloîtrées ! Quelle vie pour notre jeunesse !

— Peu de liberté, c'est vrai ; mais pas de solitude.

— Pour avoir l'une, j'accepterais volontiers l'autre.

— Alors, pourquoi ne prenez-vous pas votre liberté ? Hélène.

— J'attends que les jours passent et que sonne l'heure de ma majorité.

— Quand aurez-vous vingt et un ans ?

— Dans trois mois, en septembre. Si d'ici-là je n'ai pas un mari, je me contenterai d'un *ami* qui me donnera l'amour, l'argent et le plaisir.

Claire regarda son interlocutrice avec une expression de surprise mêlée de terreur.

— Ça vous étonne ? Mes projets vous paraissent anarchistes ? J'en ai assez de la vie que je mène ; je n'ai aucune fortune, aucune espérance d'en avoir jamais, et pour cette raison, les hommes, malgré ma jeunesse et ma beauté, fuieront comme la lèpre un mariage avec moi ; alors quoi faire ? Travailler, me priver toute ma vie pour aller finir mes jours à l'hôpital ? Merci, la vertu à ce prix-là, coûte trop cher !

— Hélène, qu'avez-vous donc ce soir? Je ne vous ai jamais entendu raisonner ainsi.

— Parce qu'ici les murs ont des oreilles et qu'il faut savoir garder ses réflexions pour soi. D'ailleurs, ne vous alarmez pas. Avant trois mois, je serai peut-être mariée.

— Je vous le souhaite. Avez-vous un espoir?

— Oui. Dans la maison où je travaille, l'un des employés, un Autrichien, Doris Swillmann, au parler épais, aux manières lourdes, s'est épris de moi. Il croyait, l'imbécile, que je *marcherais* pour ses beaux yeux. Mais nenni, pas si bête; je lui ai tenu la dragée haute, et il semble maintenant résolu à m'épouser.

— Qu'attend-il?

— Je ne sais trop. — Un *fil à la patte* difficile à trancher : une intrigue avec l'une des vendeuses de la *boîte*, intrigue si sérieuse qu'un rejeton est, je crois, en voie de formation.

— Et vous allez empêcher cet homme de faire son devoir?

— Son devoir!!! Mais il n'est pas marié!

— Ce lien doit valoir le lien matrimonial.

— Çà ne me regarde pas.

— Je craindrais que cette mauvaise action ne me portât malheur.

— Superstitieuse, va!

Et Hélène riait de ses yeux brillants, de sa bouche rose, de toute sa personne coquette et insoucieuse, qui faisait penser aux perruches jolies et babillardes.

Elle continua :

— J'ai sorti avec lui, cet après-midi. Ce que je me suis *rasée !* Mais enfin il m'a payé différents petits objets de toilette et une bonne collation. C'est toujours autant de gagné. S'il ne *marche* pas, il *casquera* toujours.

Claire demeurait muette, ne pouvant détacher ses regards de la jeune fille. Etait-ce bien une pensionnaire de couvent qu'elle avait devant elle, ou une courtisane experte dans l'art de faire verser l'argent aux amoureux de ses charmes !

Semblant se griser de ses paroles et de l'étonnement qu'elles causaient, la jeune fille continua :

— Oh ! je suis habile ! et si ma situation n'est pas très agréable, je l'égaie ici et là de plaisirs que je laisse payer aux imbéciles trop heureux de passer une heure avec moi. Quand un homme m'aborde dans la rue, — je ne fais l'effarouchée que juste assez pour qu'il n'exige pas de moi une prompte capitulation. Je lui laisse entendre que la conquête sera difficile, mais pas impossible. Mon amoureux de rencontre s'emballe, me propose de prendre un apéritif afin de causer ; j'hésite, puis j'accepte, le dîner suit souvent, et tout heureux de mon babillage, il me reconduit à la porte d'ici, m'invitant pour un prochain dimanche. Je continue ainsi jusqu'à ce que la corde tendue menace de se rompre ; alors, adieu, envolée l'alouette !

Et d'un geste gracieux, la jeune fille simulait un vol d'oiseau.

— Mais, les Mères ? articula difficilement Claire, de plus en plus abasourdie.

— Je me joue d'elles comme des autres. Elles me donnent la permission d'aller chaque dimanche dans la famille de mon père, que j'ai quittée et n'ai point revue. Elles me croient en bonne compagnie. Si elles se doutaient, les malheureuses !

La jeune fille rit à gorge déployée.

— Ainsi, tenez, au printemps, j'ai fréquenté pendant trois mois un jeune Syrien. Il était peu au courant des mœurs parisiennes, ce qui m'a permis de faire durer le siège pendant trois mois. Deux ou trois fois la semaine, je quittais de bonne heure l'atelier, nous prenions une voiture et nous allions au Bois, dîner. Il me ramenait vite, au grand trot du cheval, me faisait descendre tout près d'ici, et je rentrais tranquillement, disant à Mère Marie-Clotilde, que j'avais veillé.

— Hélène, vous m'effrayez, murmura Claire.

— Pourquoi ? — Je trouve moyen d'égayer ma vie d'innocents plaisirs ; quel mal fais-je ?

Le cloche qui appelait les jeunes filles à la prière, retentit. Claire et Hélène se levèrent pour rejoindre les autres pensionnaires.

Mère Marie-Clotilde, l'œil soupçonneux, les vit approcher.

— Hélène, Claire, où étiez vous toutes les deux ?

— Dans le jardin.

— A l'écart, sans doute. Vous savez que nous ne

voulons ni de ces intimités, ni de ces particularités. Joignez-vous aux autres.

VIII

La conversation précédente si peu en harmonie avec le lieu où elle se produisait, ne fut malheureusement pas la seule entre Claire, et l'imprudente jeune fille.

— Mon mariage est manqué, annonça-t-elle un soir. Doris a vu que je me fichais de lui, et puis son *fil à la patte* a resserré ses nœuds ; il a un fils, il va le reconnaître et épouser la mère. — Tant mieux. Vive la noce et mes vingt et un ans !

Le mois d'août avait apporté à Claire un grand chagrin. Le docteur Silvain était parti en vacances dans sa famille, qui habitait Bordeaux.

Claire et lui s'étaient quittés après une délicieuse promenade dans les bois de Meudon.

Ce jour-là, ignorant la triste nouvelle, la jeune fille était d'une gaîté inhabituelle. Ensemble, ils avaient traversé une partie de la ville pour aller prendre le bateau. Il faisait chaud. Vêtue d'un corsage de mousseline blanche qui laissait le cou libre et dissimulait mal les bras, sous sa transparence, le visage abrité d'un large chapeau fleuri de bluets, auquel venait s'ajouter l'ombre protectrice d'une ombrelle blanche, Claire semblait transfigurée.

En l'apercevant, Sylvain n'avait pu se défendre d'un mouvement de surprise admirative.

En fille d'Eve, à qui rien n'échappe du pouvoir de sa beauté, la jeune fille s'en était aperçue et sa joie en avait été grande.

Elle commençait à croire qu'elle aimait son *frangin* mieux qu'une sœur l'eût aimé.

L'image du jeune médecin ne la quittait guère, les lettres de Claire étaient plus fréquentes, plus expansives ; aux promenades, inconsciemment, elle se rapprochait de lui, le frôlait ; dans ses explications s'appuyait un instant à son bras. Le docteur Silvain lui-même ne semblait pas insensible à cette intimité. La froideur de son visage, plus souvent s'éclairait d'un sourire, et sa voix grave et douce avait des inflexions de tendresse si visible qu'en l'écoutant les joues de Claire se nuançaient de rose.

Dans le bateau, tous deux avaient devisé gaiement à l'abri du soleil sous l'ombrelle blanche ; et sous les arbres du parc, la conversation avait continué insoucieuse et légère.

— Savez-vous disait Claire dans un rire que nous sommes déjà de très vieux amis ? Voilà plus de six mois que nous nous connaissons. Nous avons vu ensemble les rigueurs de l'hiver et les espoirs du printemps. L'été, présentement, étale partout autour de nous ses beautés, l'automne seul est inconnu à notre amitié.

— Il ne viendra pas la troubler soyez en sûre Claire,

comme les saisons qui l'ont précédé, il sera le bienvenu. Notre fraternité ne craint pas l'avenir.

— Mon Dieu, répondit-elle, tout à coup pensive, qui sait? Nous sommes ici-bas le jouet de tant de hasards! L'un nous a fait nous connaître, l'autre ne peut-il nous séparer?

— Pessimiste, interrompit le jeune homme. Dieu sait si j'attendais de vous ce manque de foi. — Je croyais que vous mettiez notre amitié au-dessus de tout, que rien ne pourrait ébranler votre confiance.

— C'est vrai, et je ne sais quelle inquiétude a placé sur mes lèvres ces paroles de doute.

— Doute que vous allez croire pressentiment si je vous fais part de la nouvelle que j'hésitais, à vous apprendre.

Claire pâlit. A ces paroles, elle ressentit comme un coup de poignard au cœur. Elle songea. — Son mariage?...

Mais lui continua souriant.

— Nous allons être séparés pendant quelques jours, ma sœurette. Je me sens très fatigué, j'ai la nostalgie de la ville natale, de la famille. Je vais aller près d'elles me reposer, puiser de nouvelles forces. — Nous allons donc être séparés pendant une semaine; mais nous tromperons l'absence en nous écrivant.

Les fraîches couleurs de la jeune fille avaient reparu, mais ses yeux étaient mouillés de larmes que la fierté retenait à grand'peine.

— Comme je vais me trouver seule! murmura-t-elle.

— Seule ! Pour bien peu de temps ! une semaine c'est si vite passé !

— Oui, mais tant d'événements peuvent survenir qui nous séparent.

— Encore ! — Mais, enfin, qu'avez-vous ?

— J'ai... j'ai... du chagrin.

Et incapable de se contenir plus longtemps, Claire éclata en sanglots.

Ils étaient dans les bois, isolés. Pour la première fois, le jeune homme entoura de son bras la taille de sa jeune compagne, l'assit sur le gazon et prit place à ses côtés.

Ce chagrin sincère le touchait profondément.

Il s'empara de la petite main que les sanglots convulsifs faisaient trembler et il la serra dans les siennes.

— Voyons, sœurette, pourquoi pleurez-vous ? Quel danger redoutez-vous pour notre am.... affection ? — Je vous laisse en lieu sûr. Aucun ravisseur ne peut venir vous enlever. Quant à moi, je vais dans mon pays natal, près de ma vieille mère trop âgée pour faire le voyage, mais bien désireuse d'embrasser son fils. Depuis la mort de ma sœur, elle vit très retirée, près de ma sœur aînée qui est mariée et a un enfant... Je ne connais pas mon petit neveu... Voyez si mon voyage est nécessaire.

— Oui... oui... je sais, dit Claire, et suis peu raisonnable. Mais que voulez-vous? Mon cœur n'a d'autre lien d'affection ici-bas que notre amitié.

— Et vous vous êtes attachée à moi plus que vous

n'auriez voulu, n'est-ce pas sœurette, plus que vous n'auriez dû ?

Le jeune homme avait plongé ses yeux dans ceux de la jeune fille et des inflexions de tendresse nuançaient sa voix.

— Oui, avoua-t-elle, avec hésitation... pour mon repos !... Si la tendresse est une joie, elle est aussi une souffrance.

— Quand elle n'est pas comprise et pas payée de retour... Mais ce n'est pas le cas. Claire, vous savez quelle profonde affection, j'ai pour vous, vous savez combien ma sympathie, ma confiance ont répondu à votre appel ; comme mon cœur a suivi le vôtre... même dans la voie... où depuis quelque temps il s'est engagé.

La voix du jeune homme était insinuante, il s'était rapproché de la jeune fille qui s'appuyait maintenant contre son épaule.

Une rougeur brûlante envahit le visage de Claire. — Avait-il deviné son amour ?

Mais lui continua.

— Claire, j'ai appris à vous connaître, j'ai su vous apprécier. Si je vous ai sauvée de la misère physique, moi, vous m'avez sauvé de la misère morale. Vous avez débarrassé mon esprit de l'affreux doute qui était sa maladie. Trompé dans mes premières amours, je ne croyais plus à la sincérité, à la loyauté. Vous m'avez rendu la foi. Claire je vous offre le cœur que vous avez ressuscité, en acceptez-vous l'hommage ?

La jeune fille crut défaillir. La pâleur, à nouveau, envahit son visage et prise de vertige, elle ferma les yeux et reposa sa tête sur l'épaule de son ami.

— Je suis trop heureuse, murmura-t-elle en pressant ses mains sur son cœur ; il me semble que je vais mourir.

— Pour renaître à une vie de joie et d'amour, répondit-il.

Et penchant sa tête vers elle, il la baisa aux lèvres. Ce fut leur premier baiser.

Extasiée, Claire entoura de ses bras le cou du jeune homme et couvrant de baisers le pâle visage qu'elle aimait tant.

— Mon Sylvain, murmura-t-elle, si vous saviez comme je vous aime ! comme tout moi vous appartient ! — Je ne vis plus que par vous, que pour vous !

Un silence suivit, puis la jeune fille passa ses mains sur ses yeux encore enfiévrés par les pleurs.

— Mais c'est un rêve, n'est-ce pas ? murmura-t-elle. Un rêve dont je vais m'éveiller... Vous ne pouvez songer à m'épouser, moi, sans fortune, sans famille, dont le bonheur a péri dans je ne sais quelle tragique et mystérieuse catastrophe. Ma mère ? de quel mal est-elle morte ? mon père ? de quelle torture son cerveau a-t-il souffert ? — Non, non, votre amour est un rêve... un beau rêve !

— Non, Claire, interrompit le jeune homme, oublie la misère, la souffrance, le passé néfaste. Je t'aime et tu seras ma femme !...

IX

Sylvain était parti, son Sylvain qu'elle aimait maintenant de toute l'ardeur de sa jeunesse et de son cœur. La séparation avait été pénible. La jeune fille ne pouvait s'arracher des bras du jeune homme, quitter la douceur de ses lèvres.

— Surtout, vous m'écrirez Sylvain ?

— Oui, mon amour, tous les jours vous aurez une lettre qui vous apportera mes baisers et mes protestations d'amour.

— Et vous reviendrez vite ? bien vite ?

— Dans une semaine je serai de retour.

— Huit jours ! comme c'est long ! se quitter après une journée semblable !

— C'est *revenir sur ses pas à la porte du ciel*, comme dit Hernani. Mais si aujourd'hui la porte demeure close, demain elle s'ouvrira à jamais pour nous. Espérez ma bien chérie.

— Adieu, Sylvain, mon Sylvain.

— Au revoir, ma Claire aimée.

Et après une dernière étreinte, ils s'étaient séparés.

Les jours qui suivirent furent d'une morne tristesse, d'autant plus qu'un très court billet était seul venu calmer l'inquiétude de la jeune fille.

« J'arrive au port, disait-il, si fatigué que volontiers je me croirais malade. Mais chacun me fait fête et la tendresse des êtres chéris qui m'entourent va me remettre plus vite que tous les remèdes du monde. Quel malheur que vous ne soyez pas près de moi, chérie, car ma joie serait complète ! J'offrirais un type rare sur cette terre : celui d'un homme complètement heureux.

« A bientôt de plus longues nouvelles. Ecrivez-moi très chère et recevez les baisers de celui qui vous aime si tendrement qu'il n'est pas un instant sans songer à vous.

« SYLVAIN »

Claire avait voulu répondre immédiatement, mais son désappointement fut grand, lorsqu'elle s'aperçut qu'elle avait perdu le petit carré de bristol sur lequel le jeune homme avait écrit l'adresse de sa mère.

Demain, pensa-t-elle, il me récrira, il me renouvellera peut-être son adresse. Dans tous les cas, s'il ne reçoit pas de lettre de moi, il se doutera probablement de ce qui est arrivé et il me la renverra.

Mais le lendemain et le surlendemain, rien.

Une horrible inquiétude torturait la jeune fille. Qu'est-ce que ce silence signifiait ? L'avait-il oubliée ?

Mon Dieu, que faire ?

Claire eut un instant de profond découragement, puis elle songea :

— Son concierge doit savoir, lui, je suis sauvée.

Elle courut rue Rochechouart.

— L'adresse, à Bordeaux, du docteur Silvain, s'il vous plaît ?

— Je l'ignore, Madame. Le docteur a omis de me la donner avant son départ.

Pourvu qu'il ne soit pas malade, le pauvre Monsieur. Il avait l'air tout pâle et tout drôle, quand il est parti.

— Mon Dieu, que faire? soupira la jeune fille; aucune indication. C'est terrible cela!

Elle rentra au couvent, morne, découragée.

Les jours passèrent, le silence continua et le docteur Silvain ne revint pas.

Terriblement inquiète, la jeune fille fuyait ses compagnes, s'asseyait à l'écart, le soir, dans le jardin, demeurait là pensive, ne souffrant près d'elle que celle qu'elle nommait *sa fille*, la petite Marthe Vinebault qui, assise contre elle, immobile et silencieuse, respectait sa douleur et ne lui exprimait sa compassion que par de timides baisers.

Ce soir-là, il y avait quinze jours que le docteur Silvain n'avait donné de ses nouvelles à sa triste fiancée, Claire en la compagnie de la petite Marthe, rentrée tôt ce soir-là, se disant souffrante, était assise à l'écart.

Egoïste, comme l'est la douleur, la jeune fille s'occupait peu de sa petite campagne, quand brusquement, elle fut tirée de sa rêverie par la fraîcheur de larmes tombant sur ses doigts. Elle regarda la fillette, celle-ci pleurait silencieusement.

Claire attendrie se pencha vers elle affectueusement.

— Petite Marthe, qu'avez-vous? interrogea-t-elle.

— Je me sens si souffrante, répondit l'enfant, la voix brisée, que je suis effrayée et ne puis retenir mes larmes.

— Ma pauvre chérie, il faut aller vous reposer.

— Toute seule? Non; j'aurais plus de chagrin encore; je ne veux pas vous quitter, *petite maman*.

— Eh bien, Marthe, je monterai au dortoir avec vous. Dans une demi-heure, seulement, les autres viendront nous rejoindre, cela me permettra de vous bercer un instant, afin de vous guérir et de vous endormir. Je vais demander la permission à Mère Marie-Clotilde.

— Vous êtes bonne, murmura l'enfant, et je vous remercie.

Dix minutes plus tard, la petite était au lit et Claire l'interrogeait doucement.

— Voyons, qu'avez-vous? Une indisposition passagère que dissipera une bonne nuit de repos.

— Oh! non, dit la fillette. Voilà bien longtemps déjà que je me sens faible et lasse; mais depuis dix jours... oh! depuis dix jours! je n'ai plus de forces; le souffle me manque, il me semble que mes poumons n'aspirent plus l'air.

— Pauvre Marthe! il faut vous reposer; n'allez pas travailler demain, ma chérie, demeurez au lit. Je viendrai vous voir à l'heure du déjeuner, et le soir dès que je serai de retour.

— Mon Dieu, je crains d'être bien malade, murmura l'enfant.

— Petite peureuse ! fit Claire en riant et en bordant le lit de la fillette.

Elle connaissait celle-ci d'une nature craintive et ne s'inquiétait pas outre mesure de sa soi-disant grave maladie.

Mais le lendemain, quand elle rentra et demanda après l'enfant, Mère Marie-Clotilde prit un air sérieux pour lui répondre :

— Marthe a été transportée à l'infirmerie. Le docteur est venu et a trouvé son état grave.

— Comment ? Que c'est-il donc passé ? Elle était si calme quand je l'ai quittée ce matin !

— Un vomissement de sang est survenu. Le docteur appelé a diagnostiqué une phtisie galopante. Il est probable que la chère enfant a bien peu de temps, maintenant, à rester sur la terre.

Claire eut un sanglot.

— C'est affreux, ma Mère, affreux !...

— La volonté de Dieu doit toujours être acceptée avec résignation, mon enfant, répondit froidement la religieuse. Il faut bénir son saint nom. Nous allons préparer la chère petite à bien mourir, et vous aurez en elle une protectrice au ciel.

— Ma Mère, puis-je voir Marthe ?

— Oui, mon enfant. Mère Marie-Angèle est près d'elle. Allez la rejoindre.

Un instant après, Claire était à l'infirmerie où elle trouvait la petite malade qui pleurait à chaudes larmes. Mère Marie-Angèle plus pâle, plus lente encore qu'à l'ordinaire, était à son chevet.

— Oui, mon enfant, disait-elle, priez Dieu dont la bonté, en si peu de temps, vous aura fait gagner le Ciel.

La religieuse aperçut Claire et se tut.

La jeune fille courut au lit de la malade, et prit l'enfant dans ses bras.

— Ma petite Marthe, ma fille, comment vas-tu ? demanda-t-elle.

— Mal, répondit l'enfant en regardant la sœur. Mère Marie-Angèle me parle du Ciel ; parce que, sans doute, je vais quitter la terre.

— Mais non, Marthe. Tu es folle ! ma pauvre petite. Toutes les souffrances sont méritoires pour le Ciel, et tu en retrouveras le prix un jour ; voilà ce qu'a voulu te dire la Mère.

— Les desseins de Dieu sont impénétrables, et la maladie est la route qui mène à la mort, répondit la religieuse de son ton monotone.

— Ma Mère, je vous en prie ! implora Claire.

— Il ne faut s'inquiéter que de la vie éternelle, ajouta encore Mère Marie-Angèle ; puis elle s'éloigna.

Claire, demeurée seule, sourit à la malade.

— Quelles folles sont ces religieuses ! fit-elle. Elles ne rêvent que de Paradis ; mais j'espère, chérie, que vous ne vous laissez pas effrayer ; vous connaissez trop bien l'esprit de la maison et particulièrement de Mère Marie-Angèle.

L'enfant eut un pâle sourire.

— J'avoue que ses paroles lugubres m'ont fait

peur; heureusement que vous êtes arrivée !... Ce matin j'ai vomi le sang, vous savez ?... Oh ! ma *petite mère*, que je suis contente de vous revoir ! — Vous allez rester avec moi, n'est-ce pas ?

— Certes, répondit la jeune fille. Je vais tâcher d'obtenir cette permission... Mais, pour guérir vite, il ne faut plus parler. Prends un peu de glace, chérie, et repose-toi ; je ne m'éloignerai pas. Je resterai près de toi.

La petite Marthe obéit.

Grâce à Mère Marie-Etienne, Claire obtint la permission de demeurer, la nuit, à l'infirmerie.

La malade fut assez calme ; mais, au matin, une nouvelle hémorragie se produisit, laissant l'enfant d'une faiblesse effrayante.

L'heure du travail sonna ; il fallait partir. A grand'-peine, la jeune fille s'arracha au chevet de la petite moribonde.

— La retrouverai-je en vie ? se demandait-elle, angoissée.

Devant la faiblesse de l'enfant, elle n'avait plus de doutes : la mort était proche.

Cependant, à midi et le soir, elle la retrouva en vie.

Les religieuses avaient continué leur œuvre pie, la petite s'était confessée, avait communié et reçu l'extrême-onction, calme, résignée, ne paraissant pas se rendre bien compte de ce qui se passait, de ce que l'on voulait d'elle.

Le soir, elle eut encore la force de sourire pour accueillir sa grande amie.

— Je ne souffre plus, lui répondit-elle ; mais je suis bien faible... On m'a apporté le *bon Dieu*.

— Comme le meilleur remède et la plus douce des consolations, n'est-ce pas, fillette ? On a bien fait, mon enfant, Dieu va te guérir.

— Oui, je le crois... je vais déjà mieux, il me semble... Oh ! je serais heureuse de vivre !... Maintenant... il me semble que c'est si beau... la vie !... Je pense au soleil... aux fleurs... aux oiseaux... à vous, surtout... Pourquoi m'avez-vous tant délaissée... ces jours derniers ?

— J'avais du chagrin, mais dorénavant, je ne vivrai plus que pour toi ; je te le promets. Tu verras comme nous serons heureuses !

Claire, elle-même, se grisait de ses paroles. Elle ne mentait plus, elle espérait.

A l'heure du dîner, Mère Marie-Clotilde la prit à part et lui dit :

— Marthe, sans doute, ne passera pas la nuit. Ayant égard à l'affection que vous avez pour elle, et à son dernier désir, nous vous permettrons de la veiller.

Des larmes seules remercièrent la religieuse. A grand'peine, la jeune fille se calma pour revenir près de l'enfant.

Celle-ci maintenant toussait affreusement, elle brûlait de fièvre et divaguait, par instants, parlant de son père, de sa mère, leur causant, faisant des projets.

On avait télégraphié au père, mais il voyageait

dans les environs de Marseille et arriverait sans doute trop tard.

A l'aube, la malade eut encore une hémorragie. Puis, le calme revint, le délire disparut, mais la respiration devint extrêmement pénible.

— Claire, interrogea-t-elle tout à coup, pourquoi m'avait-on dit que ma mère était morte, m'a-t-on fait tant souffrir avec cette nouvelle puisque ma maman est là, près de vous... à me garder ?

La jeune fille ne put s'empêcher de frissonner en regardant autour d'elle. Seule, tout près, la sœur égrenait son chapelet.

Maintenant la fillette râlait en gémissant. Puis, elle rouvrit les yeux où se lisait une horrible souffrance.

— Petite mère, murmura-t-elle, je souffre tant... que... si tu me disais... que je vais... mourir... je le croirais.

— Ce n'est rien, articula Claire difficilement. Repose-toi, mon enfant chérie.

— Et ma mère ?... Elle est là ! toujours ?... Ah !... son baiser !...

L'enfant se renversa ; un souffle passa sur le visage de la jeune fille. Ce fut tout. Marthe était morte.

Alors, le désespoir de Claire devint effrayant. Elle éclata en sanglots tellement déchirants, ses nerfs se tordirent en un tel désordre, qu'on dût l'emporter loin du lit de la morte.

Le surlendemain, on enterra la pauvre enfant.

En rentrant du cimetière, Claire vit Mère Marie-Etienne s'approcher d'elle avec tristesse.

— Ma pauvre Claire, dit-elle, il m'est pénible de vous quitter en un pareil moment; mais, je dois me soumettre aux ordres de la supérieure. Je suis envoyée par notre Révérende Mère, à notre maison de Gisors. Au revoir donc, mon enfant. Courage, je prierai pour vous.

C'en était trop! Quand la religieuse eut disparu, Claire s'effondra sur le lit, dans le dortoir vide, et brandissant son poing fermé.

— Oh! c'en est trop! cria-t-elle. Dieu ou Destin, qui que tu sois, je me révolte et me vengerai!...

X

C'était l'heure du déjeuner, au couvent. Autour des petites tables, les jeunes filles avaient pris place devant le maigre repas, l'arrosant de gaîté et ne se gênant pas pour donner leur jugement sur l'œuvre charitable des religieuses.

— Hier, disait Anna Blanc, dont les regards expressifs semblaient défier les yeux mornes de Mère Marie-Angèle, j'ai été absente toute la journée. J'ai déjeuné et dîné chez une de mes tantes. En rentrant, hier au soir, j'avais soif. J'ai demandé un peu de lait. Mère Marie-Angèle a eu l'aplomb de me réclamer deux sous, quand déjà j'avais payé ma journée de

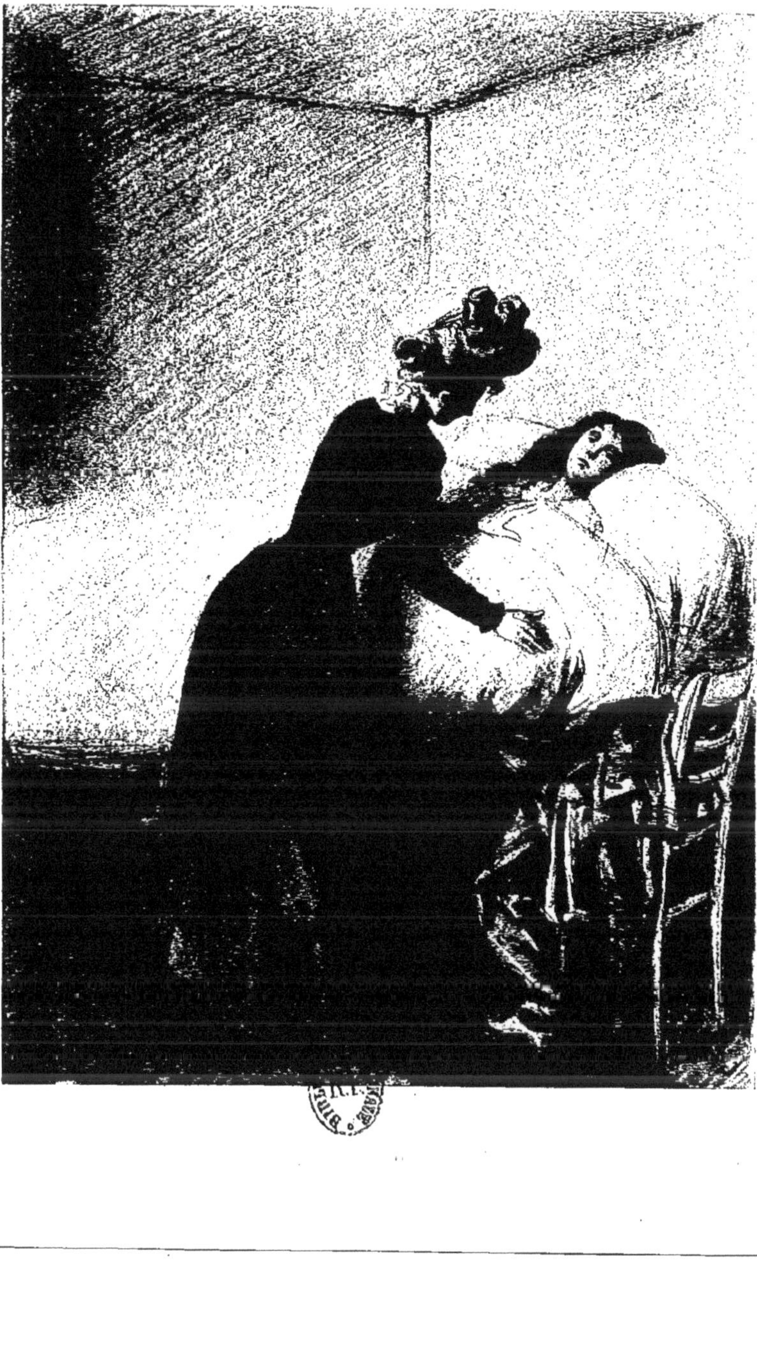

nourriture à laquelle je n'avais pas touché naturellement.

— Et dire, ajouta Marie Pagnier, que la duchesse d'Illiers vient encore de donner 50.000 francs pour l'œuvre.

— En attendant, en guise de veau, on nous sert de la vache enragée, dit une troisième pensionnaire. Goûtez plutôt.

Ainsi les critiques se croisaient aux oreilles des deux religieuses qui semblaient ne rien entendre, et qui se concertaient entre elles.

Claire était présente. Vêtue d'un deuil aussi sévère que si elle venait de perdre sa mère, son visage pâle n'avait aucun sourire, ses lèvres ne s'ouvraient sur aucune parole.

Bientôt, Hélène Merina profila son élégante silhouette au seuil du réfectoire.

Mère Marie-Clotilde s'avança. Elle avait délaissé son air humble et doux et redressait sa haute taille de toute son autorité.

— Mademoiselle Merina, commanda-t-elle, vous voudrez bien passer à mon bureau, avant de retourner à votre travail.

Les jeunes filles se regardèrent, étonnées de ce ton sévère.

Hélène n'eut pas un mouvement de surprise. Elle tourna un peu la tête et répondit dédaigneusement :

— Je n'en aurai pas le temps, ma Mère.

— Vous le prendrez ! Je vous attendrai, vous entendez !

Et Mère Marie-Clotilde sortit tandis que la jeune pensionnaire, très calme, prenait place à la table.

Le cœur de Claire se mit à battre violemment. En face de cet incident, elle ne se sentait pas la conscience tranquille.

Il y avait un mois environ, Hélène avait demandé à la jeune fille, le grand service de recevoir ses lettres à la maison de commerce où Claire travaillait.

Le service demandé ne plaisait pas beaucoup à la jeune fille. Mais les rouages de sa volonté pour les petites choses semblaient brisés depuis les catastrophes successives qui l'avaient privée de ses chères affections et elle ne sut pas refuser.

Quinze jours plus tard, l'après-midi d'un dimanche, Mlle Merina, en grande toilette, avisa sous les arbres du jardin, Claire triste et solitaire.

— Voyons, *mon petit*, — c'était son mot — que faites-vous ici ? Allez-vous passer ainsi seule et mélancolique votre après-midi ?

— Où voulez-vous que j'aille? répondit la jeune fille avec lassitude. Je n'ai plus de but, je ne connais plus personne.

— Mais, *mon petit*, on se refait d'autres amis. Les affections sont comme les fleurs, de nouvelles remplacent les anciennes. Venez avec moi?

— Non, je vous remercie.

— J'insiste, dans votre intérêt. Il fait beau, nous irons jusqu'au Bois admirer les teintes de l'automne.

La jeune fille voulut encore refuser puis elle céda.

Un quart d'heure plus tard, Hélène et Claire sortaient du couvent.

D'abord, Mlle Merina ne fit aucune confidence à sa compagne, se bornant à s'efforcer de dissiper sa tristesse, de lui redonner du courage et de l'espoir.

— Nous irons prendre l'omnibus de la rue Taitbout, dit-elle. Il nous conduira à Passy. C'est une très belle promenade et qui ne nous fatiguera pas.

Et comme on se rapprochait du bureau :

— Vous savez, Claire, ne soyez pas effarouchée. Peut-être mon amoureux nous attendra-t-il. Il est discret et charmant ; ne craignez donc pas.

— C'est Doris Swillmann ? interrogea la jeune fille.

— Pensez-vous ! Est-ce de lui que je pourrais faire une pareille apologie ! Il y a belle lurette qu'il a décampé de mon esprit.

— Oui, c'est vrai, dit Claire, vous m'aviez dit que votre mariage était manqué.

— Et un autre est en train. Mais tenez, voici justement la personne dont je vous parle.

— Monsieur Charles Frélin, étudiant en droit.

Le jeune homme, très respectueux, s'inclinait devant Claire.

— Mon amie, Mademoiselle Germain, qui a la bonté de recevoir vos lettres, ajouta Hélène.

— Laissez-moi vous exprimez tous mes remercîments et toute ma reconnaissance, Mademoiselle.

Claire était devenue très rouge et semblait fort gênée.

— Où voulez-vous aller ? questionna le jeune homme.

— Au Bois, répondit Hélène.

— Nous allons prendre une voiture ?

— J'accepte.

— Quelle heureuse idée vous avez eu d'amener Mademoiselle ; justement, j'étais venu avec un mien ami. Il devait, de loin, vous admirer, Hélène jolie. Puisque vous avez amené Mademoiselle, me permettez-vous de vous présenter mon ami ?

— Mais oui ; ce sera parfait, répondit Hélène en frappant des mains.

Sur un signe, l'ami s'approcha :

— Monsieur Hubert Saint-Algade, présenta Frélin.

Celui-ci était de petite taille ; il avait des yeux noirs qui avaient dû être beaux, mais qui déjà s'estompaient de rides, et des cheveux bouclés où couraient des fils d'argent. Au reste, parfaitement correct.

On héla un fiacre, où chacun prit place, et on s'achemina vers le Bois.

Hélène heureuse, riait, balbutiait, prenait des poses. Claire froide, causait peu, et se tenait très droite, regardant défiler d'un œil vague, les admirables avenues, bordées de riches hôtels.

M. Charles Frélin était quelconque, élégant et banal : ni beau, ni laid, ni spirituel, ni sot. Il parlait beaucoup. Ces discours étaient tissus de mensonges vaniteux qui éblouissaient Hélène, mais affectaient désagréablement sa compagne, trop fine pour se laisser prendre à toutes ces belles paroles.

Hubert Saint-Algade parlait peu. Avec une attention respectueuse, demi-admirative, il regardait la jeune fille assise en face de lui.

A peine, si de temps à autre, il échangeait avec elle, quelques paroles : jugements d'artiste ou de poète.

En tout cas il paraissait un esprit peu banal ; très instruit, capable de donner son avis sur toutes choses.

Peu à peu, devant sa réserve, la froideur de la jeune fille tomba. Plus volontiers, elle répondit aux questions, donna son avis, discuta les jugements portés.

A Passy, on descendit de voiture, et, par couples, presque étrangers l'un à l'autre commença une promenade dans le Bois.

En avant, Charles marchait avec Hélène. Tendrement, il avait passé son bras sous celui de la jeune fille. Ses lèvres, par instant, effleuraient son oreille ; on devinait qu'il lui murmurait des paroles d'amour.

Derrière, venait Claire, et près d'elle Hubert Saint-Algade, très respectueux, discourait de choses indifférentes, mais qui passionnaient l'âme d'artiste de la jeune fille.

Ils causaient musique, théâtre, littérature, et Claire dans l'enthousiasme de ses approbations, en oubliait ses chagrins, sortait de sa morne torpeur.

Les heures de l'après-midi passèrent rapides.

On fit une collation dans un café à la mode et l'on revint, en voiture, enchantés à l'unisson.

Quand on se quitta, Charles déposa un baiser sur les lèvres d'Hélène, tandis que Hubert s'inclinait respectueux, et baisait la main que Claire lui tendait.

— Laissez-moi espérer, Mademoiselle, que vous voudrez bien accompagner quelquefois Mademoiselle Merina et qu'alors mon ami me permettra de me joindre à lui, pour vous servir de cavalier ?

Claire s'inclina sans répondre. Ce n'était ni un refus, ni un acquiescement.

Depuis cette journée, dans ses lettres presque quotidiennes, Charles Frelin eut toujours un mot aimable pour Claire et un souvenir pour son ami.

Il y avait quinze jours que la jeune fille avait fait cette connaissance forcée, quand Mère Marie-Clotilde interpella Hélène, à l'heure du déjeuner.

Claire, très émue — bien qu'indifférente en apparence — évoquait ces souvenirs et sentait son inquiétude grandir.

Au sortir de table, Claire put, un instant, se trouver près d'Hélène.

— Vous me renseignerez le plus tôt possible, n'est-ce pas?

— Je vous le promets. A ce soir.

L'heure du travail s'avançait ; Claire fut obligée de partir, tandis que sa compagne se dirigeait vers le bureau directorial.

XI

A la sortie de son travail, le soir, à six heures, rue du Sentier, Claire aperçut Hélène qui l'attendait.

— Vous !... Pourquoi ? Qu'y a-t-il ? interrogea-t-elle anxieusement, en pressant les mains de la jeune fille.

— Je ne dormirai pas, ce soir, au couvent, répondit flegmatiquement Mlle Merina. Je ne dois y rentrer que pour faire mes bagages et les emporter.

— Mais alors où allez-vous ? Avez-vous de l'argent ?

— Cinq francs !

Elle eut un geste d'insouciance.

— Bah ! Je vais *sauter le pas*..., grâce à ces saintes femmes ! Un peu plus tôt, un peu plus tard, qu'importe !... L'honneur en reviendra à Mère Marie-Clotilde ! En vous quittant, j'irai demander l'hospitalité à Charles. C'est lui qui va être surpris et bénir l'excellente idée de Mère Marie-Clotilde !

Et l'ex-pensionnaire riait comme s'il s'était agi de la chose la plus simple du monde.

Claire angoissée l'interrompit :

— Mais, le motif de cette sévérité ?

— J'ai laissé tomber, par hasard, près de mon lit, la dernière lettre de Charles. Mère Marie-Clotilde l'a lue et la trouvant intéressante, sans doute, a pris la double clef qu'elle possède pour ouvrir nos armoires et ainsi, elle a pu se délecter à la lecture du volumineux dossier que forment toutes les lettres d'amour que j'ai reçues. Il y en a de tous les styles et pour tous les goûts. Cette lecture a dû laisser quelques regrets au cœur vide de Mère Marie-Clotilde !

— Je dois être affreusement compromise dans cette affaire? interrompit Claire très pâle,

— Aucun nom n'a été prononcé, mais j'ai tout lieu de croire que vos craintes ne sont que trop justifiées. Je le regrette pour vous, *mon petit.*

— Mère Marie-Clotilde a lu les dernières lettres que vous a adressées, M. Frélin ?

— Oui.

— Mon nom y était écrit en toutes lettres et beau coup d'allusions y étaient faites relatives à notre promenade au Bois et à ma rencontre avec M. Saint-Algade,

— C'est bien pour cela que je crains pour vous et que je suis venue vous prévenir. Tâchez de trouver une justification.

— Elle est dans l'action elle-même, dit Claire révoltée. Ma conscience ne me reproche rien, Mère Marie-Clotilde se montrera-t-elle plus sévère?

— Il est à craindre.

— Hélène, comme vous avez été imprudente ! murmura Claire soudainement découragée.

— *Mon petit*, rentrez au plus tôt. Vous saurez à quoi vous en tenir, Si vous ne devez pas coucher au couvent, vous n'aurez pas trop de temps pour vous chercher un gîte, car le vôtre n'est pas tout trouvé comme le mien... à moins que... Hubert ?

Claire l'interrompit d'un regard sévère.

— Je rentre, dit-elle. Je ne crois pas que les Mères soient assez inhumaines pour me mettre à la porte ce soir. Mais vous, Hélène, qu'allez-vous faire? Parlons sérieusement, l'heure n'est pas à la plaisanterie. Où allez-vous ?

— Chez Charles, répondit la jeune fille avec assurance.

— Vous êtes folle. Vous ne ferez pas cela, Hélène.

— Je le ferai. Que l'honneur en revienne à Mère Marie-Clotilde !

— Réfléchissez. Je croyais que M. Frelin devait vous épouser?

— Je n'ai jamais été assez naïve pour accepter pareille énormité. Charles est de bonne famille, il n'a pas grande fortune : lorsqu'il aura fini ses études, par un brillant mariage, il pourra en acquérir ; tandis qu'avec moi que voudriez-vous qu'il devînt ? L'un et l'autre nous avons devant nous un autre horizon que celui que nous ouvrirait un mariage ridicule.

— Quelle philosophie! vous ne l'aimez donc pas ce jeune homme.

— Juste assez pour garder un doux souvenir de mes premiers pas dans la voie de l'amour. En me les rappelant, je sourirai, mais je ne pleurerai pas.

— Nature heureuse! murmura Claire. Puis tout haut : — Enfin, réfléchissez encore. Moi, je vais voir quel sort m'attend. Quand vous reverrai-je ?

— Demain, voulez-vous ?

— Où cela ?

— A sept heures, à la sortie du magasin.

— Entendu.

Et Claire se dirigea résolument vers le couvent, dont elle n'était qu'à une faible distance.

L'heure du dîner, sept heures et demie, était sonnée. Hâtivement, la jeune fille se dirigea vers le réfectoire.

A son entrée, Mère Marie-Angèle eut un geste de surprise, tandis que les pensionnaires levaient sur la jeune fille, des regards étonnés.

Sans aucun doute, des bruits avaient transpiré de l'histoire d'Hélène ; on était au courant.

Claire, muette, dîna vite. Un silence gêné semblait régner autour d'elle ; personne ne causait d'Hélène et cependant, la nouvelle de sa révocation devait être généralement connue.

Après le repas, Mère Marie-Angèle s'approcha dolente.

— Mère Marie-Clotilde vous demande à son bureau.

Claire, aussitôt, s'y dirigea.

Mère Marie-Clotilde, l'air moins sévère que lorsqu'elle s'était adressée à Hélène, attendait la jeune fille.

— Mon enfant, dit-elle, lentement, avez-vous vu Mlle Merina ?

— Oui, ma Mère.

— Vous ne serez donc pas étonnée de la mesure rigoureuse que nous nous voyons dans l'obligation de prendre contre vous.

— Laquelle ? ma Mère.

— Vous rendre votre liberté.

— Quoi, vous me renvoyez ?

— Croyez-bien que nous en avons un très grand chagrin, mon enfant, mais nous nous y voyons contraintes par la gravité des faits qui vous sont reprochés.

Claire releva la tête, elle retrouvait son assurance.

— Ma Mère, c'est votre charité qui vous a inspirée ?

— C'est notre justice, mon enfant.

— Vous vous trompez, ma Mère. Croyez-vous faire votre devoir de chrétienne en mettant à la porte de chez vous, sans pain et sans gîte, deux jeunes filles — pures encore, ma Mère, je vous le jure.

— Il faut tuer le germe dans l'œuf. Il faut donner un exemple.

— Triste exemple, ma Mère, que celui que vous donnez, en précipitant dans le mal deux créatures qui, jusque-là, malgré le malheur, l'avaient évité. — Vous voulez arrêter la contagion ? ma Mère, est-ce moi qui l'ai apportée ? — Mais, elle règne ici en maîtresse. Les apparences trompent vos yeux, et si la flétrissure existe ce n'est pas dans celles que vous chassez, mais dans celles que vous gardez.

La religieuse eut un geste d'effroi et sa voix devint plus douce.

— Claire, d'accusée vous vous faites accusatrice. Donnez-nous des noms, donnez-nous des preuves de ce que vous avancez et nous vous pardonnons.

La jeune fille eut un geste de mépris.

— Je ne me fais pas délatrice et ne nommerai personne. Ma charité, à moi, ma Mère, me dit qu'il vaut mieux garder ici ces jeunes filles que l'amour a perdues en ennoblissant leur faute, que de les exposer dehors à toutes les flétrissures qu'excuse à grand'peine la misère. — Je n'accepte pas votre pardon, ma Mère, et ma conscience me gardera mieux contre le mal, que les murs de votre couvent. J'ai pu être inconséquente; je n'ai jamais été coupable. Vous m'avez jugée comme telle; soit. Je partirai. Mais soyez persuadée que ce n'est pas ici que j'ai appris à aimer la religion et à connaître la Charité.

En disant ces mots, Claire s'était levée, et ses yeux, avec assurance, demeuraient fixés sur le visage devenu blême de Mère Marie-Clotilde.

— Je vous dispense de votre jugement, reprit enfin la religieuse retrouvant son autorité. Demain matin, vous quitterez la maison.

— J'obéirai, mais sachez, ma Mère, qu'à cette heure, Hélène est dans les bras du jeune homme qu'elle aimait, devenu, par votre faute, son amant... Ma mère, priez Dieu pour elle — et pour vous!

Et hautaine la jeune fille sortit. Directement, elle gagna le dortoir et se mit au lit afin de réfléchir longuement à ce qu'elle pourrait faire.

— Demain, j'irai demander l'hospitalité à Maria, pensa-t-elle. C'est le plus pressé. Après, je verrai...

Claire sortie, Mère Marie-Clotilde, encore tremblante de colère, prit connaissance du courrier.

En premier lieu, au-dessus de la volumineuse correspondance des pensionnaires, une large enveloppe portait son nom. Elle ouvrit.

« Ma Mère »

« Je voudrais obtenir de vous quelques éclaircissements, au sujet d'une de vos pensionnaires — Mlle Germain.

« Parti depuis six semaines pour Bordeaux où réside ma famille, j'ai été atteint presque aussitôt par une fièvre cérébrale. Je n'ai pu envoyer à Mlle Germain, — à laquelle je m'intéresse d'une façon toute particulière — les nouvelles que je lui avais promises. D'un autre côté, n'ayant reçu aucune lettre de cette jeune fille, je viens vous demander ma Mère, si Mlle Germain est toujours sous votre garde !

« Avec tous mes remerciements et tous mes respects.

« Dr Silvain ».

Sur le champ, Mère Marie-Clotilde répondit :

« Monsieur,

« J'ai le regret de vous apprendre que Mlle Germain n'est plus au nombre de nos pensionnaires. Nous nous sommes vues dans la triste nécessité de lui fermer notre porte : sa conduite étant incompatible avec la moralité de notre maison.

« Mère Marie-Clotilde ».

XII

Claire avait repris sa vie d'autrefois, plus triste de tous les espoirs envolés, de toutes les affections fauchées.

Maria lui avait donné l'hospitalité. Elle avait retrouvé la brave fille morne, les yeux pleins de larmes :

— Joseph vient de partir au régiment, larmoya-t-elle. J'ai réintégré ma chambre. Nous serons donc forcées de partager le même lit, Mademoiselle Claire.

Cette perspective souriait peu à la jeune fille ; mais elle fut trop heureuse encore d'accepter cette hospitalité.

Claire avait revu Hélène. Celle-ci l'avait abordée le lendemain, comme toujours, l'air insoucieux.

— *De Profundis* ! clama-t-elle, en faisant un signe de croix comique. Voilà qui est fait. J'ai changé de route : celle-ci s'annonce plus heureuse.

— Tu ne te repens de rien ?

— De rien. — Vogue la galère !... A propos, Hubert soupire après vous ; il voudrait bien vous revoir. Votre jeunesse et votre esprit lui ont fait une impression profonde, paraît-il.

— Vous lui exprimerez tous mes regrets. Mais, Mère Marie-Clotilde n'est plus là pour me défendre, et ma conscience a hérité de sa sévérité.

— Toutes mes félicitations, *mon petit*, mais aussi toutes mes doléances : triste vie que celle que vous vous préparez.

— Malgré tout, je conserve un espoir, répondit Claire.

Les deux amies se séparèrent.

Le surlendemain de cette conversation, le courrier apporta deux lettres à la jeune fille. Sur l'une d'elles, Claire, avec un grand battement de cœur, reconnut l'écriture de Sylvain.

— Ah !... Enfin !...

Elle était devenue très pâle, et ses doigts tremblaient.

Enfin, elle ouvrit.

« Mademoiselle,

« Je ne veux pas vous laisser plus longtemps dans l'incertitude. Veuillez d'ailleurs excuser mon silence, bien involontaire, car s'il n'avait tenu qu'à ma volonté, j'aurais apporté plus vite un éclaircissement à notre situation.

« *Considérez-vous comme libre*, et croyez qu'il me faut les sérieuses raisons qui existent pour prendre une résolution si cruelle pour moi qui vous étais si sérieusement attaché.

« Je ne rentrerai que dans quelques temps à Paris. Il est inutile de vous présenter chez moi. Je n'y serai pas.

« Dr SILVAIN ».

La jeune fille laissa retomber la lettre :

— Mon Dieu ! dit-elle, mon Dieu ! que lui ai-je

fait !... Et dire que cet être que j'adorais continuera à vivre loin de moi, peut-être à aimer ailleurs, quand moi, j'agonise de la perte de son amour, quand la vie m'étouffe comme une pierre de sépulcre !... Mon Dieu, c'en est assez ; la coupe déborde ; je ne peux plus, je ne veux plus lutter !

Elle prit l'autre lettre, en proie à je ne sais quel vague espoir auquel s'accrochait sa détresse.

L'écriture était inconnue.

Elle décacheta :

« Mademoiselle,

« Permettez à un ami très respectueux de venir vous offrir son appui dans les jours difficiles que vous traversez. Par Charles Frélin et son amie, j'ai eu connaissance de votre triste histoire et de la large part qui me revient dans la cause de vos malheurs. Croyez bien, Mademoiselle, que j'en suis profondément peiné et que je serais heureux si vous me permettiez d'apporter d'une façon quelconque, une consolation à votre cœur malheureux, un appui à votre vie brisée.

« Ne voyez, dans cette lettre, aucune insulte à votre fierté, aucune atteinte à votre honorabilité. Elle émane d'un homme qui a conçu pour vous une profonde estime, faite de respect et de sympathie.

« Si vous vouliez consentir à me revoir un prochain jour, je serais heureux de vous dire de vive voix ce que j'exprime si imparfaitement dans cette lettre.

« J'ai deux fauteuils pour l'Opéra-Comique, ven-

dredi. Voulez-vous me permettre de vous les offrir et de vous accompagner ?

« Dans l'espoir d'une bonne réponse, veuillez agréer, Mademoiselle, l'hommage de mon profond respect.

« HUBERT SAINT-ALGADE ».

Claire demeura un instant songeuse, tandis que deux larmes, lentement glissaient sur ses joues pâlies.

— Eh bien, oui, dit-elle enfin ; puisque je suis devenue une de ces femmes que l'on n'épouse pas, je serai une de celles qui se vengent du mépris masculin !... Adieu, mon rêve ! Adieu, mon amour !... Adieu tout ce qui était bon en moi ! Tout cela a péri, emporté par le malheur. Adieu, toi à qui j'avais donné le meilleur de mon cœur ! Adieu Sylvain !

Et elle écrivit : « J'accepte ».

Le vendredi suivant, Mlle Germain, les lèvres fleuries d'un sourire, les joues rosées par un fard discret, abordait M. Saint-Algade dans le passage Verdeau.

Respectueusement, comme l'autre fois, Hubert prit la main que Claire lui tendait et la serra amicalement. Puis, il offrit son bras, et tous deux se dirigèrent vers l'Opéra-Comique.

Là, ce fut un éblouissement. Dans sa modeste robe noire qu'égayait seulement un grand col de dentelle retenu par un nœud de nuance claire, la jeune fille, dès l'abord, se trouva gênée. Mais, elle se rassura bientôt en constatant qu'elle était plus jolie, en sa mise simple, que toutes les femmes en toilettes luxueuses qui l'entouraient.

On donnait *Manon* : la douloureuse histoire d'amour.

La musique produisit une impression profonde sur l'âme d'artiste de la jeune fille. L'âpre regret du passé s'éveilla en son âme et des larmes mouillèrent ses yeux ; elle se raidit, chercha à calmer les battements de son cœur ; mais sa parole resta saccadée et son sourire contraint.

Quand, à la scène de Saint-Sulpice, Des Grieux retrouve Manon l'infidèle, la belle vaillance de Claire s'évanouit et des larmes coulèrent sur ses joues.

Ce n'était plus Manon, ce n'était plus Des Grieux ; c'était *elle* et *lui* !

Lui, qu'elle retrouvait enfin, qu'elle pouvait implorer.

N'est-ce plus ma main que cette main presse,
N'est-ce plus ma voix
N'est-elle pour toi plus une caresse,
Tout comme autrefois ?

Ah ! si Sylvain avait pu l'entendre ! si comme Manon, elle avait pu se traîner à ses genoux !...

... Combien elle était loin de Saint-Algade et du chemin qui la menait au précipice ! C'était le sentier d'amour d'autrefois que retrouvait sa pensée libérée... la journée d'été, les bois de Meudon, l'aveu.

Tout le reste de la soirée, elle demeura lointaine; les yeux fixés sur la scène, rêvant.

Habilement, Hubert respecta son silence. A la sortie, il ne l'importuna point pour qu'elle acceptât à souper; discrètement, sans même lui donner le bras, il la reconduisit à sa porte.

Là, seulement, il lui dit :

— Vous ne pouvez savoir, Mademoiselle, quel plaisir j'éprouve en votre compagnie. Je vous remercie de la confiance que vous m'avez témoignée ce soir, et j'espère que vous me la conserverez pour une nouvelle sortie.

Le visage de Claire s'éclaira d'un sourire.

— Moi aussi, je vous remercie, dit-elle ; j'ai passé une bonne soirée.

— Et vous acceptez ?

— Quoi ?

— De sortir une autre fois avec moi ?

— Oh ! je crains d'abuser.

— Mais non ; c'est moi qui reste votre obligé ; la solitude m'est aussi pénible qu'à vous. Dimanche, par exemple, voulez-vous que nous renouvellions la promenade au Bois, du mois dernier. Nos deux amoureux nous accompagneront.

Claire hésita à répondre.

— Voyez comme il fera beau, ajouta Hubert, en montrant le ciel où brillaient des étoiles sans nombre ? — Profitons-en. La saison, maintenant, ne nous prodiguera plus les sourires.

La jeune fille regarda le ciel.

— J'accepte, dit-elle enfin !

Il s'inclina.

— Je vous remercie.

Et il la quitta sans lui baiser la main.

Saint Algade était habile.

Le dimanche suivant, les deux couples se trouvèrent à nouveau réunis dans le fiacre qui les emportait vers le Bois. Ils se promenèrent sous les arbres dont les feuilles, secouées par le vent d'automne, s'éparpillaient, formant tapis sous leurs pas.

L'après-midi passa rapidement. Le soir, il fut décidé que l'on dînerait au restaurant, puis que l'on irait voir l'installation du ménage Charles-Hélène.

Le couple habitait une chambre mi-confortable, au deuxième étage, dans la rue du Dragon.

La soirée parut longue à Claire, emplie qu'elle fut par des banalités. Elle eut préféré s'isoler avec Saint-Algade, et entamer une de ces causeries que le savoir de l'un, l'esprit de l'autre, rendaient si intéressantes ; mais Charles et Hélène mêlaient à la conversation leurs rires et leurs baisers, et celle-ci ne pouvait avoir, naturellement, aucune allure sérieuse.

En prenant congé, Hubert dit gravement :

— Mes chers amis, je vous invite à venir dîner chez moi, dimanche prochain. J'ai un petit appartement rue de Châteaudun, et ma femme de ménage saura, à l'occasion, se transformer en parfait cordon-bleu.

S'adressant particulièrement à Claire :

— J'espère, Mademoiselle, que vous voudrez bien accompagner nos amis.

La jeune fille ne répondit pas. Elle n'osait accepter et ne voulait refuser.

— Surtout, ne soit pas assez sotte pour ne pas profiter de ce béguin, glissa Hélène à l'oreille de son amie. Il est riche ; tu seras heureuse. Si j'avais su cela plus tôt, j'aurais volontiers fait l'échange.

Le dimanche suivant, Claire, en compagnie de Charles et d'Hélène, se rendit à l'invitation de Hubert. La soirée fut gaie, mais Saint Algade ne se départit pas, vis-à-vis de la jeune fille, de sa réserve habituelle.

A peine, en la mettant dans le fiacre qui devait la ramener chez elle, lui effleura-t-il les joues d'un fraternel baiser.

Le lendemain de cette soirée, Claire fit une dernière tentative pour revoir le docteur Sylvain. Elle alla chez lui ; il n'était pas encore de retour ; cependant le concierge lui dit que le docteur avait écrit et qu'il possédait son adresse à Bordeaux ; mais la jeune fille ne demanda pas à la connaître. Elle n'osait écrire.

Un dimanche, après un fin dîner chez Hubert, on fit un peu de musique. Saint-Algade jouait assez bien du violon. Il sut choisir ses morceaux et plonger Claire dans une volupté que ne vint troubler aucun regret du passé. Il éveilla les désirs du corps en berçant l'âme dans un sommeil d'oubli.

Le morceau terminé, Saint-Algade vint rejoindre la jeune fille, sur le canapé où elle s'était étendue. Il passa le bras autour de sa taille et l'attira contre lui, la tête sur son épaule. Pour la première fois, il chercha ses lèvres, elle ne les détourna pas.

A l'autre extrémité de la pièce, Hélène et Charles riaient en se bécotant.

Hubert ne parla pas ; il ne dit pas les paroles d'amour qui eussent pu en rappeler d'autres.

Il ne s'exprima que par des baisers, et Claire ne les repoussa pas.

L'heure passa dans cette espèce de torpeur qui laissait la jeune fille l'âme indifférente, mais le corps désireux.

Charles et Hélène se levèrent pour s'en aller, Claire fit un mouvement.

Hubert la retint :

— Allez-vous encore m'abandonner ce soir, Claire ; moi qui vous aime depuis si longtemps ?

La jeune fille contempla cet homme qui, depuis deux mois, était son respectueux ami, et dans cet instant, embrassant tout le vide de sa vie, elle se laissa retomber sur le canapé, dans les bras de Hubert :

— Je reste, murmura-t-elle.

XIII

Claire ne devait pas retourner rue Rochechouart.

Pendant un mois, Hubert, quoique blasé sur les femmes, fut réellement amoureux de cette jeune fille que le malheur lui avait livrée, chaste, comme une épouse, affectueuse et confiante comme une amie.

Il la garda chez lui ; ils vécurent tous deux dans l'intimité des jeunes mariés, situation qui, dans son apparence honnête, devait imposer silence aux remords de la jeune femme et lui rendre moins pénible son changement de vie.

Claire était-elle heureuse ? Elle ne le savait elle-même. Elle passait certaines heures, calme, le cœur fortifié par l'affection sérieuse et dévouée qu'elle croyait avoir rencontrée et qui l'avait délivrée de l'affreux isolement dont elle avait tant souffert.

Elle n'était pas retournée travailler rue du Sentier.

— Je te considère comme ma femme, lui avait dit Hubert, pour triompher de sa fierté. Il est donc juste que tu partages mon aisance. Nous allons t'acheter un trousseau et des toilettes dignes de ta nouvelle situation.

La coquetterie de Claire imposa silence à sa fierté, et le mois passa dans un bonheur relatif.

Cependant, à certaines heures, dans la mélancolie du soir, l'image du docteur Silvain se présentait à elle, et la triste comparaison de l'amour d'autrefois et de l'amour présent, amenait des larmes dans les yeux de la jeune femme.

C'était le titre honorable *d'épouse* — titre que lui méritait la pureté de sa vie, que Sylvain voulait lui donner ; c'était le bonheur qu'il lui avait offert, tandis que Hubert ! — S'il l'avait vraiment aimée, pourquoi n'avait-il pas fait d'elle, sa femme? — Il était riche, elle était pauvre ; mais leur éducation, leur esprit, leur cœur, étaient semblables, et devant l'amour, tant d'inégalités s'effacent !

Ces réflexions entrèrent plus douloureusement dans son cœur, quand Hubert lui dit un jour :

— Ma petite amie, je ne puis toujours te garder ici. Aux yeux des personnes sérieuses que je puis connaître, ce collage serait d'un mauvais effet. D'ailleurs, je l'ai toujours regardé comme le meurtrier de l'amour. Nous allons donc chercher un petit appartement où tu pourras être chez toi, et me recevoir. Une domestique te servira. Ma fortune me permet de mettre à ta disposition, une somme mensuelle de cinq cents francs.

A ces paroles, le sang empourpra le visage de la jeune femme, et des larmes montèrent à ses yeux. Elle allait donc devenir une femme entretenue !...

Cependant, elle ne protesta pas et accepta le sacrifice.

Quelques jours plus tard, sous un nom d'emprunt, — Claire de Solesme, — il lui répugnait de garder le nom honorable que sa mère avait porté, et Hubert, qui volontiers se faisait appeler *de* Saint-Agalde, avait voulu un nom ronflant — elle venait habiter rue de Douai, un appartement coquet.

Dès lors, la vie atroce des pauvres déclassées que le luxe ne parvient pas à habituer à l'humiliation de leur existence, commença pour elle. Elle ne vit plus

Hubert que deux ou trois fois par semaine, et le reste du temps, elle promena son ennui, son écœurement, dans la solitude élégante de son appartement.

Elle regretta le couvent ; elle regretta la chambre de Maria !

Cependant, elle revit la brave fille dont l'affection était faite de respect et de dévouement. Aucun blâme n'était à craindre de ce côté. Que ce fut Joseph ou Saint-Algade, peu importait à Maria : c'était une affection. L'ami de Claire était riche, tant mieux pour elle. Pas une seule fois, elle n'eut la pensée de s'inquiéter, si le cœur de la jeune femme était satisfait.

Hélène, suivant les caprices de son esprit aventureux, ne demeura pas longtemps avec Charles Frélin.

Un mois après l'union de Claire et d'Hubert, ceux-ci la virent arriver, un soir, chez eux, souriante et insoucieuse comme toujours.

— Notre ami Charles va bien? questionna Hubert.

— Il vous faudra le demander à lui-même, répondit la jeune femme,

Saint-Algade et Claire se regardèrent, surpris.

— Comment ?

— Oui, je l'ai *plaqué*. Que voulez-vous, quand un homme prend une maîtresse, un devoir s'impose : celui de l'entretenir. Or, Charles n'a pas un sou vaillant. — Encore, s'il avait su reconnaître le prix de ce que je lui accordais ! Mais non ; il me considérait comme une femme à son service, me demandait de lui ranger son linge et de prendre soin de ses chaussettes !

— Mais, alors, où restez-vous? interrogea Claire.

— J'ai donné à Charles un successeur, Aristide Leepmann, un banquier qui gagne des sommes folles et qui, le soir de notre première rencontre, sans me rien demander, m'a remis un billet bleu, pour mes menus plaisirs.

Les deux amants se taisaient, interdits de ce sans-gêne.

Hélène continua :

— Vous n'avez pas remarqué la transformation de ma toilette? — Voyons, est-ce ce gueux de Frélin qui m'aurait payé toutes ces choses ?

Elle entr'ouvrit la jaquette d'astrakan qu'Hubert et Claire n'avaient point remarquée, et laissa percevoir un corsage de soie vive, richement brodé.

— Mes félicitations, dit Hubert avec ironie. Soyez franche, Hélène, toutes ces belles choses ne vous ont point coûté quelques larmes ?

— Pourquoi ? En quittant le couvent, je ne me suis pas embarrassée d'un fardeau aussi encombrant que l'est un cœur !

— Alors, c'est parfait ; vous irez loin, Mademoiselle Hélène.

— Madame Héléna de Merina, si vous voulez bien.

— De mieux en mieux, repartit Hubert, qui voulait venger son ami ; là où les autres s'avilissent, vous vous ennoblissez, Madame de Merina.

Hélène partit mécontente.

Elle ne revit jamais Hubert, mais continua à venir assez assidûment chez Claire, qui, dans son ennui, accepta une amitié si contraire à ses sentiments.

Est-ce que vraiment tu aimes Hubert? lui demanda un jour, Mme de Merina.

— J'ai de l'amitié pour lui, répondit Claire, mais pas d'amour.

— Et tu as raison. Dans notre situation, vois-tu, il ne faut pas s'attacher : celui-ci aujourd'hui, celui-là demain. Tu n'es pas jalouse ?

— Je n'ai pas motif de l'être.

Héléna éclata de rire.

— Ah! mon petit, alors tu t'imagines qu'il t'est fidèle ? — Mais Hubert est un noceur; il a l'amour du cotillon ; tu es sa maîtresse en titre ; mais les maîtresses anonymes, les amantes d'un jour, tu n'arriverais pas à les compter.

Claire avait pâli.

— Tu parles sans savoir. Tais-toi.

— Veux-tu des preuves ?

— Oui.

— Eh bien, je t'en donnerai : Ecoute : tentons une expérience. Saint-Algade ne connaît pas mon écriture ; je vais lui envoyer une lettre d'amour, lui demander un rendez-vous. Tu verras s'il n'acceptera pas.

— Soit, et j'irai à ce rendez-vous.

— Comme tu voudras.

— C'est égal, murmura Claire très pâle, tu aurais mieux fait de ne pas venir troubler mon bonheur.

— J'ai voulu me venger de l'ironie insultante d'Hubert.

— Et c'est moi qui recevrai la blessure que fera ta vengeance... Enfin, maintenant que tu as mis le doute en mon âme, je veux savoir.

— Et tu sauras. Je vais lui écrire aujourd'hui même, dès que j'aurai sa réponse, je te l'enverrai. A bientôt.

Les deux jeunes femmes se quittèrent.

Trois jours plus tard, Claire recevait le billet suivant :

« Chère X...,

« Votre lettre m'a ravi. Il s'en dégage un parfum subtil, prometteur de joies folles. Les ténèbres dont vous vous entourez, en se dissipant, me découvriront le ciel radieux, j'en ai le ferme espoir.

« Je veux hâter cette heure divine en me rendant avec empressement au rendez-vous que vous me demandez.

« Je couvre vos jolis doigts de baisers plus passionnés que respectueux.

« HUBERT. »

A ce billet, étaient jointes les lignes suivantes :

« Rendez-vous est pris pour demain, 5 heures, parc Monceau, porte du boulevard de Courcelles, attends dans un fiacre arrêté à cet endroit. Le signal est un bouquet de violettes que tu tiendras hors la portière. Bon courage et dévouement.

« HÉLÈNE. »

— C'est entendu, j'irai, murmura Claire, les yeux pleins de larmes.

Le lendemain à deux heures, vêtue d'un costume sombre qu'Hubert ignorait, le visage soigneusement voilé, la jeune femme quitta le petit appartement de la rue de Moscou, héla un fiacre, donna l'adresse du parc Monceau.

Quelques minutes plus tard, celui-ci s'arrêtait à la porte du boulevard de Courcelles.

La nuit commençait à tomber, jetant sur toute chose son voile de mystère.

Hubert, dans l'ombre, guettait. Il vit le fiacre s'approcher, une forme blanche se dessiner derrière la vitre qui s'abaissa, puis une main gantée de blanc, tenant un bouquet de violettes, se crispa sur le rebord de la portière.

Hubert n'hésita plus ; il s'approcha, appuya doucement sa main gantée sur la petite main qui ne se retira pas. Puis il ouvrit la porte du fiacre.

— Madame !...

Il s'inclina très bas :

— Monsieur Hubert *de* Saint-Algade!

La dame mystérieuse s'inclina, mais ne prononça aucune parole.

Sur son invite muette, Hubert prit place près d'elle; Claire avait donné des ordres au préalable, car le fiacre se remit en marche dans la direction de l'Etoile.

Hubert s'était rapproché de sa compagne.

Il lui prit à nouveau la main, et approchant ses lèvres du voile blanc, qui lui dérobait le visage.

— Gentille dame, voulez-vous donc continuer à garder l'incognito? — Quoi! pas un nom n'a répondu à ma présentation, pas une parole!

Il fit une pose et continua:

— D'ailleurs, peu m'importe votre nom, puisque vous vous êtes dîtes *amante*, puisque vous m'avez permis de me parer du titre d'*amant*... de *votre* amant.

Il tenta de s'agenouiller.

— Permettez-moi de contempler votre visage, de pouvoir vous dire que vous êtes belle... que je vous aime... que je vous désire.

Hubert, croyant avoir affaire à quelque femme cherchant aventure, brûlait ses vaisseaux, désirant arriver tout de suite au résultat.

Alors, lentement, Claire leva son voile. Son visage apparut très pâle, avec des yeux étranges.

— Qui je suis? dit-elle, Claire de Solesme.

Hubert ne put retenir un cri:

— Claire! Toi!

— Oui, moi, qui ai voulu m'assurer si votre fidélité

répondait à la mienne. — L'expérience m'a convaincue.

Saint-Algade, d'abord surpris, avait repris tout son aplomb. Il n'en était pas à sa première infidélité, comme aussi à sa première scène de jalousie.

— Qu'est-ce que ça prouve? dit-il. — Que j'ai satisfait le désir de curiosité qu'avait éveillé en moi, une lettre de femme. — J'ai voulu en connaître l'auteur; quel homme eût agi autrement? — Je ne suis pas don Juan, ma chère, mais je ne suis pas Joseph.

Claire oppressée, répondit avec peine :

— Vous pouvez avoir raison, Hubert; mais mon cœur ne saurait se contenter de cette explication, car je m'étais loyalement donnée à vous; je vous demeurais fidèle dans toute l'acception du mot. Tenez, ajouta-t-elle, négligemment, en tendant à son compagnon le bouquet de violettes, que ces fleurs fêtent la fin de nos amours.

Hubert s'inclina sans mot dire.

— J'ai besoin d'être seule, poursuivit Claire, veuillez descendre.

La jeune femme frappa à la vitre, le cocher s'arrêta; Hubert descendit, et avant de refermer la portière :

— Je vous obéis; ma présence vous déplaît, je me retire. Seulement aux mauvais jours, Claire, souvenez-vous de moi. Je reste votre ami.

Il referma la portière et s'éloigna en murmurant :

— Demain, elle aura changé d'avis. Je connais trop les femmes pour être la dupe de cette comédie.

Il sourit, tandis que dans le fiacre qui la ramenait chez elle, Claire sanglotait.

XIV

Revenue dans son appartement, la jeune femme s'abandonna à une véritable crise de désespoir.

— Mon Dieu, murmura-t-elle, pitié ! Qu'est ma vie ? Un amas de ruines. Pourquoi m'avoir donné un cœur, puisqu'il devient l'instrument de mon supplice ?... Ma mère... mon père... Marthe... Sylvain, tous m'ont quittée, Hubert me trahit !...

La voix lui manqua. Elle fit une pose, puis reprit :

— Sylvain ! Sylvain ! pourquoi m'as-tu abandonnée ? Tu étais tout pour moi, ma force contre le mal, mon soutien contre le malheur. — Et dire que tu es là, à quelques pas de moi, que je pourrais revoir ton visage tant aimé, tes chers yeux que j'adore et que je suis là, seule, torturée, avilie... Oh ! si je devais me traîner à tes genoux pour implorer mon pardon, je le ferais, je me prosternerais à tes pieds dans la poussière, si je savais me relever absoute. — Mais non, maintenant tout est fini, entre nous, fini ! — et il me faut vivre !... Que faire ? Fuir cette maison, ce luxe que m'a donné l'homme qui me trahit ? Hélas, je n'ai plus de travail et très peu d'argent. Où aller ?

Claire se laissa retomber sur la chaise longue et continua à sangloter.

Elle réfléchit.

— Où passerait-elle la soirée pour étourdir son chagrin ?

Hélène de Merina lui avait dit, autrefois, que chaque lundi, il y avait dîner chez elle, Aristide Leepmann et ses amis se réunissaient autour de sa table et l'on passait gaiement la soirée. Souvent, elle avait invité Claire, mais celle-ci avait toujours refusé, suivant en cela les conseils de Saint-Algade, qui ne se souciait pas que sa maîtresse connût des hommes plus brillants que lui.

— J'irai, se dit-elle, et je me ferai coquette. Il faut que les hommes paient les chagrins que l'un d'eux m'a faits.

Elle se leva, sonna sa domestique, demanda sa robe de soirée et passa dans son cabinet de toilette.

La pâleur de ses joues disparut sous le fard, ses yeux rougis par les larmes se cernèrent de koll, ses blanches épaules émergèrent adorables de la mousse des dentelles.

Il était tard quand Claire se présenta chez Madame de Merina. L'appartement ruisselait de lumières. Dè l'entrée, elle sentit le parfum des mets, elle entendit le cliquetis des couverts, les voix joyeuses des convives.

Au nom, jeté dans la salle à manger, Hélène se précipita.

— Claire ! Ah ! enfin ! Comme tu es gentille d'être venue !

Madame de Merina était vêtue d'une robe de satin

paille qui s'harmonisait à ravir avec sa beauté brune. Coiffée à l'Espagnole, des pavots étaient piqués dans la masse sombre de ses bandeaux. Très décolletée, elle laissait apercevoir des trésors qu'aurait dû voiler son corsage.

Claire répondit de son mieux à l'effusion de son amie.

— Je viens te demander de me distraire, dit-elle, car tu dois le comprendre, j'ai l'âme un peu triste.

— Alors ?... Tantôt ?...

Hubert a été exact au rendez-vous, moi aussi. Je lui ai dit ce que je pensais de sa conduite et l'ai quitté.

— Pour toujours ?

— J'en ai l'intention.

— Tu aurais tort... à moins que... — Enfin tu me raconteras cela en détail, plus tard. Viens. Nous avons fini le potage ; tu prendras le dîner où il en est ; il reste sûrement assez pour contenter ton appétit :

— Marie, un couvert pour Madame ! Entrons.

Claire et Hélène pénétrèrent dans la salle à manger.

— Madame Claire de Solesme, annonça la maîtresse de maison.

Aussitôt, les convives se levèrent et s'inclinèrent très bas devant la jeune femme.

C'étaient tous des amis de Leepmann ; le côte féminin n'était représenté que par une jeune femme d'une beauté impeccable, Marcia, modèle et maîtresse d'un jeune peintre déjà célèbre Jacques Régnier (*).

(*) Voir *Le Journal d'une Amoureuse*, paru précédemment.

La maîtresse de la maison se méfiait des « chères amies ».

Le dîner était excellent, Claire y fit honneur, se grisant moins encore de vins, que de paroles, de rires, de coquetteries. Elle semblait transformée. Son ressentiment la soutenait, la poussait en avant dans la voie du dépit.

Après le dîner, on passa au salon, où les deux jeunes femmes s'isolèrent un instant, pendant que ces messieurs fumaient.

— Alors, Hubert a été fidèle... à mon rendez-vous?

— Oui.

Et Claire donna à son amie le détail de l'entrevue qui avait mis fin à leurs amours.

— Ta décision de rompre est sérieuse?

— Oui.

— Pour cette espièglerie, tu remercies ton amant! mais alors, mon petit, qu'aurais-tu dit si tu avais tout su?... — Hubert est un coureur de femmes, je l'ai su par Frélin; un égoïste incapable d'aimer vraiment, ne voyant dans toute intrigue que son intérêt personnel. Devinant les qualités de ton cœur, il a fait de toi sa maîtresse en titre, afin de se donner l'illusion d'un foyer. Mais il ne t'aime pas, mon petit, et ne te regrettera que parce que tu manqueras à son bonheur. — D'ailleurs, il n'a cessé sa vie d'autrefois. Il a eu des maîtresses comme par le passé, et moi-même, au début, j'eus pu devenir ta rivale.

— La preuve de ce que tu avances?

— Demande-la à Frélin. Tu verras s'il ne te confirmera pas mes paroles.

— Peu m'importe, reprit Claire, jouant l'insoucieuse, je ne le regrette pas.

— A la bonne heure; mais, que vas-tu faire? — Tes moyens d'existence vont être anéantis.

— C'est vrai.

— Donne-lui un remplaçant. Il ne manque pas d'hommes qui brigueront cet honneur. Ici... même...

— Avez-vous fini les confidences? interrompit brusquement Henry Daivres, le voisin de table de Claire, en inclinant sa tête sur les épaules des deux jeunes femmes.

— Quelle tentation! ajouta-t-il en avançant les lèvres et en humant longuement les parfums qui s'en dégageaient.

— Contentez-vous, mon cher, fit Hélène très simplement.

Le jeune homme appuya ses lèvres sur la chair blanche, puis se retournant vers Claire.

— Je n'ose... murmura-t-il, un peu interloqué par la dignité de la jeune femme.

Héléna le regarda.

— Claire n'est pas une poseuse qui croit devoir refuser un baiser, dit-elle. Prenez-le, elle vous l'offre.

Madame de Solesme sourit. Henri Daivres, beau garçon, spirituel ne lui déplaisait pas, le jeune homme s'inclina et approcha ses lèvres du satin parfumé sur lequel elles se posèrent longuement.

Ce fut sa déclaration d'amour. De toute la soirée Henri ne quitta pas son amie.

— Plus riche encore qu'Aristide, mon petit, avait trouvé moyen de glisser Mme de Merina à l'oreille de Claire. Toutes mes félicitations, si je marche d'avant, tu parviens toujours à me dépasser.

Au matin, Henri Daivres emmenait Claire.

XV

Dès lors, Mme de Solesme fut l'une de nos plus jolies et plus élégantes demi-mondaines. Elle eut, boulevard Haussmann, un splendide appartement : ses toilettes furent signées Paquin, et son coupé chaque jour la conduisait au Bois. Presque chaque soir, il y avait dîner chez elle. Les amis d'Henri Daivres, Hélène et Leepmann devinrent les habitués de la maison. Au salon, on causait, on jouait, on faisait un peu de musique. Claire s'était adonnée avec passion à cet art, se souvenant que Sylvain l'aimait. Et bien souvent seule, elle exhala toute la tristesse, tout l'écœurement de sa vie dans des improvisations d'un charme tellement mélancolique, qu'un jour que Daivres l'avait surprise, il lui dit avec émotion :

— Vous souffrez donc? mon amie.

Ses amis et lui-même avaient un certain respect pour la jeune femme. On la devinait si différente de ses semblables, l'esprit planant si haut, au-dessus de la boue que ses pieds effleuraient.

Hubert, qui avait appris le changement de situation de son ex-maîtresse, ne lui en garda pas longtemps rancune. Avec sa philosophie habituelle, en ce qui concernait le côté féminin de sa vie, il lui écrivit :

« Ma chère Amie,

« Je suis au courant de votre changement de situation. Je ne vous en veux pas. Le cadre que vous avez choisi est sans doute plus en harmonie avec votre jolie personne, mais peut-être l'est-il moins avec votre cœur délicat. — Quoiqu'il en soit, soyez heureuse et considérez-moi toujours comme l'ami de votre cœur et l'amoureux de vos charmes.

« Hubert. »

D'abord, la jeune femme se sentit froissée ; mais dans la suite elle pardonna, et oublia si bien, qu'Hubert vint deux ou trois fois lui rendre visite boulevard Haussmann.

Claire l'accueillit avec plaisir, comme un vieil ami, mais sans émotion, car elle ne l'avait jamais aimé.

Au mois de juillet, Mme de Solesme partit pour Houlgath.

La jeune femme n'y demeura pas longtemps.

Loin de l'ivresse de Paris, elle se retrouvait elle-même. L'air pur, l'espace, la verdure, la vie nonchalante et contemplative lui rappelèrent trop vivement son enfance, sa vie d'autrefois.

— Quel doux rêve deux amants vivraient là, se disait-elle, rêve qui ne sera jamais mien.

Pour tenter de se distraire, elle invita Hélène; mais le voisinage de l'insoucieuse jeune femme lui devint bientôt insupportable, et au 1er septembre, elle revint à Paris.

Peu de jours après avoir repris sa vie mondaine — ou plutôt demi-mondaine — sa femme de chambre vint lui dire :

— Mademoiselle Dupont demande à parler à Madame.

— Mademoiselle Dupont? Je ne connais pas; quelle est cette personne ?

— Je ne sais, Madame. Mademoiselle parle de Madame avec une certaine connaissance. Elle est accompagnée d'un Monsieur.

— Faites entrer.

Sur le seuil, apparut la bonne figure de Maria. Un gros garçon l'accompagnait. Claire reconnut Joseph.

Maria vint à elle, l'air très à l'aise, tandis que Joseph demeurait au seuil, regardant avec embarras ses gros souliers pleins de boue.

Claire se leva :

— Ah ! ma bonne Maria!

— Oui, Mademoiselle Claire, je suis venue vous faire une petite visite pour vous présenter Joseph. Il rentre du régiment..., et nous allons nous marier dans quinze jours, ajouta-t-elle triomphante :

Elle se retourna vers Joseph.

— Viens donc saluer Mademoiselle. Tu la connais.

Joseph s'approcha, très rouge. Toute sa belle assurance d'autrefois avait disparu. Au milieu de ce luxe, il se sentait étrangement troublé.

Claire fit asseoir les deux fiancées. Elle trouvait, à cette visite, un véritable plaisir.

— Alors, dit-elle, vous allez enfin atteindre au bonheur ?

— Mais oui, Mademoiselle Claire, Joseph a trouvé une bonne place ; moi, je vais pouvoir quitter le service..., afin de tenir convenablement mon petit ménage, et nous serons bien heureux, car nous n'avons pas à craindre l'inconnu, nous autres ; nous sommes de vieilles connaissances, et nous avons gardé d'autrefois de bons souvenirs ; n'est-ce pas, Joseph ?

Sans gêne, Maria donna à son futur époux, un retentissant baiser.

— Et nous venions, Mademoiselle Claire, vous demander si vous ne voudriez pas vous joindre à nous, en ce beau jour ? On s'est connu dans la peine, il est juste que l'on se connaisse dans la joie.

Claire eut un mélancolique sourire.

— Certes, j'accepte de bon cœur, mes amis, et je me charge des frais de la noce. Le dîner aura lieu chez moi.

La figure de Maria s'épanouit.

— Je vous remercie, Mademoiselle Claire ; une noce, c'est toujours embarrassant pour des gens comme nous : ça mange les économies.

— Je serai donc doublement heureuse de vous être utile dans cette circonstance, ma bonne Maria ; car le passé m'a faite votre obligée.

— Ne parlons plus de cela. Nous sommes faits pour nous rendre service. Espérance sera demoiselle d'honneur avec son fiancé, un garçon qui a de belles manières comme elle. Mes parents viendront de Bretagne, ainsi que ceux de Joseph, car nous sommes des pays, vous savez.

— Vous inviterez qui vous voudrez, ma chère Maria; ma table sera ouverte à tous; seulement, ce jour-là, vous aurez soin de m'appeler Madame, et de laisser croire à tous vos invités que je suis mariée.

— C'est promis. — D'ailleurs, un jour ou l'autre, nous irons bien à votre mariage, Mademoiselle Claire.

— Oui; le jour où vous assisterez à mon enterrement, répondit Mme de Solesme, mélancolique.

Le reste de la journée, la jeune femme eut des idées noires.

Le soir, Héléna et son amant vinrent dîner.

Claire proposa d'aller finir la soirée aux Nouveautés, ce qui fut accepté.

Dans le coupé, les deux femmes prirent place, tandis que les hommes étaient partis d'avance, se rendant pédestrement au théâtre.

A la porte des Nouveautés, comme les jeunes femmes traversaient rapidement le trottoir encombré, Mme de Solesme reçut un grand coup au cœur. Elle venait d'apercevoir une silhouette bien connue.

— Sylvain, murmura-t-elle, en saisissant la main de Mme de Merina.

Daivres et Leepmann, qui les attendaient, s'approchèrent.

— Comme vous êtes pâle, Claire !

Elle voulut réagir :

— Ce n'est rien, répondit-elle vivement ; un écart du cheval qui m'a effrayée. Entrons.

Quelques minutes plus tard, Claire et ses amis prenaient place dans une loge ; mais presque aussi vite, aux fauteuils d'orchestre, le fantôme du boulevard apparut.

Les yeux hagards, Claire le contempla.

Elle reconnaissait la silhouette fine et toujours élégante, la barbe soyeuse encadrant le visage pâle, et les yeux, ces yeux doux et tristes qu'elle aimait tant. C'était bien le docteur Silvain, son Sylvain !

Lui, s'était détourné. Froidement, un sourire ironique aux lèvres, il contemplait la jeune femme.

Mme de Solesme était en toilette claire, richement parée de bijoux ; près d'elle, Hélène étalait sa splendeur et riait avec les deux hommes placés derrière elles. Henri, la tête avancée sur l'épaule de Claire, lui murmurait à l'oreille des paroles qui ressemblaient à un baiser.

La jeune femme eut honte, honte de sa compagne, honte de ces hommes, honte de ce luxe qui révélaient sa vie, qui donnaient raison aux regards sévères, accusateurs, que Sylvain jetait sur elle.

Sa pâleur s'était encore accentuée. Elle demeurait là, les yeux fixes, incapable de répondre, même par un sourire, aux paroles de ses voisins.

— Qu'avez-vous ? Vous êtes malade ? Claire, demanda Daivres.

— Oui, répondit-elle avec effort, décidément je ne me sens pas bien, je préfère me retirer.

Et comme chacun faisait un mouvement pour se lever, elle ajouta :

— *Non*, *restez* ; je ne veux déranger personne ; Henri, venez seulement me mettre en voiture ; vous reviendrez ensuite trouver vos amis.

Elle sentait qu'elle allait éclater en sanglots ; avoir une affreuse crise nerveuse, si elle ne trouvait le moyen de se soustraire aux regards de Sylvain.

A la porte du théâtre, Henri arrêta un fiacre, y installa sa maîtresse et insista pour prendre place près d'elle.

— Non, dit Claire, je vous remercie, Henri. Venez demain, seulement, prendre de mes nouvelles. Je vous le répète, je vais me reposer.

XVI

Une heure plus tard, retirée dans sa chambre, les yeux brûlés par les larmes versées, Claire écrivait :

« Sylvain,

« Je n'ose... et cependant je ne peux résister au désir de vous écrire, me faire à l'idée que le lourd silence va continuer entre nous, que la grande séparation va demeurer... éternelle. — Non, ce n'est pas possible ; je me révolte, je ne veux pas être la vivante que l'on mure dans un sépulcre ! Si je ne dois plus vous voir, je préfère la mort !

« Au moins, je ne sentirai plus mon cœur battre, éperdu dans ma poitrine, vous réclamant sans cesse, toujours ! Elle n'existera plus, cette soif insatiable de vous, qui me torture, que rien ne peut éteindre !

« Si vous saviez ce que j'ai souffert, ce que je souffre ! — Pourquoi m'avoir laissée dans le silence, si longtemps ? Pourquoi m'avoir refusé toute explication ?

« Au reçu de votre lettre qui brisait notre avenir d'amour, j'étais encore digne, j'étais encore pure. Pourquoi avez-vous ainsi renoncé à m'aimer ?

« Sans doute, vous aviez réfléchi que ma situation était trop modeste, auprès de la vôtre ? La voix inflexible du *pratique*, loin de moi, s'était fait entendre victorieuse ? Que peu m'importait ! Il fallait venir à moi, me demander mon amour, m'offrir le vôtre, simplement, j'aurais accepté. Que me faisait le monde ! N'auriez-vous pas été tout pour moi ! — Mais non, sans explication, vous m'avez rejetée loin de vous. Pourquoi ? Oh ! pourquoi, Sylvain, avez-vous été si coupable de me parler d'amour pour si vite m'abandonner ?

« ... Mais, hélas, j'oublie... je vous accuse, quand moi, la grande coupable, je dois me traîner à vos genoux, pour vous prier de me pardonner.

« Dites, n'y a-t-il plus dans votre cœur aucune pitié pour la malheureuse envers laquelle, jadis, vous vous étiez montré si bon ? — Ne voulez-vous pas, lui accorder la joie de vous revoir, de vous parler, de vous prouver que, malgré tout, elle a le même cœur qu'autrefois.

« Venez, Sylvain, je vous en conjure ; demain, à 5 heures, je vous attendrai dans ma solitude dorée, si triste que je lui préférerais celle du tombeau.

« Au ton de cette lettre, vous devez comprendre que celle que vous rencontrerez est, malgré sa déchéance, digne encore de la preuve de pitié qu'elle sollicite humblement de vous.

« Sylvain, au nom de l'amour d'autrefois !

« CLAIRE. »

La jeune femme passa la nuit dans la fièvre.

Elle désirait et redoutait à la fois, l'heure fixée pour le rendez-vous. — Oh ! s'il venait, elle saurait trouver des accents qui le convaincraient de la sincérité de son amour. Elle lui dirait son repentir, son remords. Il faudrait bien qu'il ait pitié d'elle, qu'il abaissât ses regards pour voir ses pleurs, tendit sa main pour la relever, lui accorder le pardon.

Dès deux heures, elle s'habilla. Elle mit une robe sombre, presque de deuil. Du petit salon, où elle devait le recevoir, elle retira les bibelots luxueux, fit la pénombre et attendit.

Comme les heures étaient longues !

A quatre heures, un coup de sonnette retentit.

Elle avait fait défendre sa porte à tout opportun, même et surtout à Henri.

La femme de chambre entra, portant un petit bleu sur un plateau d'argent.

L'écriture de Sylvain ! Toute l'espérance, toute la fièvre qui avaient soutenu la jeune femme tomba d'un seul coup.

Pâle et tremblante, elle lut :

« Madame,

« Je ne crois pas devoir me rendre à votre invitation. Mieux vaut laisser dormir les souvenirs du passé, ne pas les réveiller dans un présent qui ne pourrait que les profaner. D'ailleurs, vous n'avez à obtenir aucun pardon de l'étranger que je suis demeuré pour vous. Je n'ai et ne prends le droit, ni de vous accuser, ni de vous absoudre.

« Avec tous mes regrets,

« Docteur SILVAIN. »

Claire découragée laissa tomber le télégramme, mais bientôt elle le ressaisit et y appuya ses lèvres.

Puis refoulant ses larmes prêtes à couler elle songea.

Une grande révolte, plus encore qu'une grande douleur, naissait dans son cœur.

De quel droit cet homme se montrait-il si sévère ? N'était-ce pas lui qui, le premier, avait brisé le lien, parjuré la foi d'amour ?

Il l'entendrait ; elle le voulait.

Les yeux brillants, les joues empourprées par une fièvre de résolution, elle écrivit :

« SYLVAIN,

« Je dois vous voir ; il le faut ; je le veux !

« Vous vous dites un étranger pour moi, je revendique près de vous mon titre le plus sacré : celui d'avoir été votre obligée.

« Demain, à la même heure qu'aujourd'hui, je vous attendrai. Venez, Sylvain, ou, sans menace, je vous adresse ici mon dernier, mon suprême adieu.

« CLAIRE. »

La lettre envoyée, la jeune femme revécut le même calvaire que la veille. Les heures passèrent lentes, lentes comme des heures d'agonie.

Quand quatre heures sonnèrent, Claire reprit espoir ; mais son cœur se mit à battre si précipitamment qu'elle crut étouffer.

A cinq heures, le timbre de l'entrée retentit. Claire pâlit.

Une voix, un pas ; c'était lui !

Machinalement la jeune femme se leva.

La glace lui renvoya son image, sa pâleur était telle qu'elle semblait un spectre.

Sur le seuil, Sylvain, calme et froid s'inclinait. Il semblait faire une visite banale.

Claire d'un pas d'automate marcha vers lui. Elle saisit la main du jeune homme, mais ses forces la trahirent et inanimée, elle tomba à ses pieds.

Alors, le masque rigide du jeune homme se détendit. Les yeux tristes eurent un rayonnement de tendresse, il se pencha, souleva le corps de la jeune femme et le déposa sur le divan ; mais avant de quitter ce fardeau précieux, ses lèvres se posèrent sur le front pâle, longuement, ardemment.

— Oui... malgré tout ! murmura-t-il.

Sous cette caresse, la jeune femme tressaillit, un soupir vint mourir sur ses lèvres, ses yeux se rouvrirent. Elle aperçut le visage de Sylvain près du sien. D'un geste passionné, elle enlaça le cou du jeune homme et collant sa joue à la sienne.

— Sylvain ! murmura-t-elle, lui ! Suis-je donc morte !

Puis, elle se souvint.

— Oh ! non, dit-elle, ma souffrance n'est pas finie.

Et elle s'écarta du jeune homme.

— Madame, dit celui-ci d'une voix qu'il s'efforçait de rendre calme, si j'avais su que ma visite dû vous causer cette souffrance, je n'aurais pas cédé à vos pressantes prières.

— Oh ! Sylvain, murmura-t-elle, merci d'être venu ; merci ! — Je vous en prie, dit-elle, asseyez-vous là, près de moi, dans ce fauteuil, afin je puisse goûter tout le bonheur de votre présence, bonheur si bref, et tant désiré !

— Vous me permettrez, Madame, de vous prier de renoncer à ces effusions qui doivent étonner le milieu où nous sommes.

Claire sentit la blessure. Elle se mordit les lèvres pour s'empêcher de pleurer.

— Sylvain, vous n'avez pas le droit de m'insulter... vous, moins que tout autre !

Il chercha à railler.

— Et pourriez-vous me dire, Madame, la cause de cette défense ?

— Parce que vous avez été le premier coupable.

— Vraiment ? c'est moi peut-être qui ai trahi notre amour ?

— Ou tout au moins qui, le premier, y avez renoncé.

— Quand depuis six semaines, vous ne m'aviez donné aucune nouvelle... et pour cause !

— Oui, pour cause en effet. Il m'a été impossible de retrouver l'adresse que vous m'aviez donnée. Et vous d'ailleurs, m'avez-vous plus souvent écrit ? Votre départ ressemblait à une fuite.

— Presqu'aussitôt arrivé, je suis tombé dangereusement malade, j'ai eu la fièvre cérébrale.

Claire joignit les mains en un geste de compassion.

— C'est vrai ! dit-elle. Ah ! cela explique votre silence ; mais pourquoi alors m'avez-vous écrit pour m'apprendre l'anéantissement de tous nos projets. Quand vous aviez un motif qui expliquait votre abstention, ne pouvais-je en avoir un aussi ? Pourquoi alors que je gardais ma foi, n'avez-vous pas gardé la vôtre ?

— J'ai eu la certitude que vous ne méritiez pas d'en être l'idole.

— Qui vous l'a dit ?

— Quelqu'un qui avant moi, vous a jugée : Mère Marie-Clotilde.

Claire serra les poings avec rage.

— Elle !... Et que vous a-t-elle dit ?

— A la lettre que je lui avais écrite pour savoir ce que vous étiez devenue ; elle a répondu ceci.

Et le docteur Silvain, tirant de son portefeuille le billet de Mère Marie-Clotilde, le tendit à la jeune femme.

Les sourcils froncés, Claire en prit connaissance.

— Mais ce billet a été écrit par la fausseté et la haine ! Ce billet fait tout supposer, alors que j'étais pure, oui, j'étais pure, digne encore de vous, Sylvain !

Les sanglots lui coupèrent la parole.

— Pourquoi avez-vous été chassée du couvent ?

— Ecoutez-moi, et vous serez juge.

L'accent de la vérité doit toujours se reconnaître.

Et Claire lui raconta toute sa vie depuis qu'ils avaient été séparés.

Le jeune homme ne la quittait pas des yeux ; mais, à mesure qu'elle parlait la flamme dure de ses regards se fondait ; un peu de l'autrefois de pitié et de tendresse y apparaissait.

— Tout ce que vous me dites est l'expression absolue de la vérité ?

— Sylvain, je vous le jure... sur l'amour qui est là, au fond de moi, que rien n'a pu éteindre, que rien n'a pu profaner !

Il y eut un instant de silence.

— Alors, dit lentement le jeune homme, vous aviez raison, Claire, c'est moi qui ai été le grand coupable je vous ai jugée avant d'avoir consenti à vous entendre... Mais aussi, ce silence me paraissait inexplicable ?... et puis, j'étais si imparfaitement guéri de l'état moral dans lequel vous m'aviez connu !

Claire lui saisit la main et se laissant tomber à genoux.

— Ah ! merci, merci pour cette parole! Je me doutais bien que vous me croiriez, que vous me pardonneriez !

Puis elle ajouta avec un sanglot :

— Malheureusement, il est trop tard !...

Un instant, ils se contemplèrent tout deux, avec une expression de tristesse indiscible.

Tant de regrets montaient du passé, en face de ce qui était et de ce qui aurait pu être !

— Et maintenant, que suis-je ? murmura la jeune femme. Une pauvre créature qui n'ose plus lever les yeux sur vous... et cependant, si mon corps est souillé, mon âme est demeurée pure. Sylvain, aujourd'hui, comme autrefois je puis vous donner mon cœur, vierge de tout amour autre que le vôtre !

— Pauvre malheureuse ! fit Sylvain, en posant sa main sur le front incliné de la jeune femme toujours à genoux.

Puis d'un geste fraternel, il la releva et l'appuya contre lui.

Une immense pitié était née en son cœur.

— Mon scepticisme a gâté votre vie, ma pauvre amie.

A cette heure, j'en ai la conviction, vous auriez pu être une vaillante et fidèle épouse.

— Oui, murmura la jeune femme tristement et malheureusement à nous autres femmes, il est interdit de remonter le courant. Si nous nous égarons nous sommes perdues pour toujours... C'est affreux! affreux!... Ne pouvoir recommencer la vie! Etre forcée d'accepter l'infamie!

— Pourquoi? Vous pouvez redevenir une honnête femme, Claire, reprendre votre vie d'autrefois.

— Autrefois, j'avais un espoir qui me soutenait, tandis que maintenant.

— Vous aurez mon amitié, Claire.

Elle eut un cri de joie.

— Vrai, vous pourrez encore être pour moi, l'ami de jadis?

— Oui, ma pauvre enfant. Renoncez à tout ce qui vous entoure, redevenez la femme pauvre et honnête que vous étiez lorsque je vous ai connue, et alors Claire nous réaliserons le projet exposé dans la première lettre que vous m'avez écrite. Nous nous aimerons loin du monde, ignorés de tous.

— Oh! Sylvain que vous êtes... que tu es bon! Et elle s'abattit sur la poitrine de son ami, qui la broya presque dans son étreinte.

Longtemps, ils demeurèrent ainsi, dans l'ombre, à parler du passé, à sourire à l'avenir.

Claire voulait partir de suite, tout abandonner. A grand'peine son ami la décida à rester encore au

moins la nuit. Ils verraient le jour suivant à prendre une décision.

— Je reviendrai demain, à cette heure.

— Oh ! vous êtes bon, Sylvain, je vous aime !

— Et nous nous aimerons ajouta le jeune homme avec un radieux sourire.

Quand ils se quittèrent, la jeune femme crut qu'on lui arrachait le cœur. Après cette heure divine, la séparation apparaissait comme un supplice infernal. Claire s'attacha au jeune homme en une étreinte désespérée, et quand il eut disparu, vaincue par les émotions, elle s'évanouit.

XVII

Ayant repris ses sens, Claire regarda autour d'elle. Devait-elle sourire ou pleurer ? Sa pensée était indécise comme la demi-lueur qui éclairait encore la pièce où elle se trouvait, dernier vestige du jour, premier indice de la nuit.

Joie ou peine ? les deux impressions se confondaient dans son cœur, en une vague mélancolie.

Quoiqu'il arrivât, sa vie était manquée maintenant. Son amour porterait l'éternelle souillure du passé, et Sylvain ne pourrait jamais être pour elle, l'être adoré dont on est fière, que l'on proclame victorieuse.

D'ailleurs, si elle pouvait accepter cette vie expiatoire, lui ne s'en lasserait-il pas un jour ? N'aurait-il pas la nostalgie du foyer, de la tendresse de l'épouse, de la gaîté des enfants ?

Elle pressentait tout cela, dans son expérience de la vie, de la douleur, du désir, de l'amour.

Il passerait l'éblouissement radieux qui, présentement auréolait l'avenir, masquant le douloureux présent ! Et après les heures divines, elle connaîtrait les heures d'angoisse où penchée sur sa vie elle s'interrogerait et n'y découvrirait que souffrance.

... L'heure s'avançait, Claire, avec un frisson, se rappela qu'Henri viendrait, que depuis deux jours, elle lui avait fait fermer sa porte et que le jeune homme se demanderait à quel caprice étrange obéissait la femme qu'il payait si généreusement.

— Oui, je suis sa chose, murmura-t-elle avec une ironie amère ; je vis encore par lui ; je lui appartiens !

Une révolte plus grande, s'éveilla en elle.

— Eh bien, non ! ce ne sera pas ! Après les baisers d'amour, les baisers mercenaires ne viendront pas salir mes lèvres ! C'est fini ! fini ! Je ne peux pas, je ne veux pas ! Oh ! fuir l'odieux passé !... fuir... dès ce soir !

Elle jeta un regard autour d'elle. Ses doigts touchèrent le bouton électrique, des flots de lumière éclairèrent le luxe des tentures, des sièges.

Tous étaient de douloureux souvenirs. — Qu'emporterait-elle ? La simple robe qui la vêtait, et la cassette, mystérieux héritage, légué par la morte aimée. Cette cassette était peut-être le salut.

Demain sonneraient ses vingt-cinq ans : et avec eux, le glas de sa vie flétrie, l'avènement à la vie nouvelle. Mais, elle n'attendrait pas jusqu'à demain.

Ses derniers scrupules avaient disparu. Et si la Morte pouvait avoir connaissance de la rédemption projetée, elle-même lèverait la défense.

Oui, la jeune femme pouvait ouvrir la cassette, en connaître le secret, y puiser la délivrance, le prix qui rachèterait son âme, qui libérerait son corps.

Elle passa dans sa chambre. Sans hésitation, elle ouvrit l'armoire, prit le coffret, le déposa sur la table, mit la mignonne clef dans la serrure et ouvrit.

Un parfum étrange, vieillot, fané, monta des papiers jaunis et du fin mouchoir de batiste qui enveloppait quelques menus objets ; des bijoux, sans doute ?

Claire l'entr'ouvrit : deux bagues fort simples, et un médaillon ; le salut n'était pas là.

Elle examina les bagues : deux noms étaient gravés à l'intérieur — Marguerite — Sylvain.

Claire pâlit : étrange coïncidence !

Elle prit le médaillon, y aperçut une petite charnière, ouvrit.

Une miniature se dessina.

Cette fois, la jeune femme poussa un cri.

La miniature ressemblait de façon étrange à Sylvain.

Claire reposa le médaillon et se tenant la tête dans les mains.

— Je suis devenue folle, murmura-t-elle, son image me hante, m'obsède, je la vois partout.

Elle passa la main sur ses yeux et reprit le médaillon.

Mais non, elle ne se trompait pas; la miniature ressemblait à Sylvain. C'était le même visage mince, les mêmes yeux rêveurs et tristes.

Elle reprit les bagues: Marguerite et Sylvain !

— Mon Dieu, quel est ce mystère, murmura-t-elle en frissonnant.

Une sueur froide d'agonie perlait à son front.

Alors, voulant savoir à tout prix, elle prit les feuillets jaunis.

En première ligne, elle lut, écrit de la main de la morte :

« A ma fille,

« Je lègue ces reliques d'un amour dont elle est le fruit, amour d'adultère, mais amour purifié par la souffrance et la mort. — Qu'elle lise la correspondance qui suit, et quelles que soient la pureté de ses sentiments, l'honnêteté de sa vie, ma fille pardonnera et pleurera sur moi, comme sur une victime.

« Que dans ses prières elle unisse les deux noms gravés sur ces bijoux; ils doivent demeurer doux à ses lèvres, sacrés à son cœur !

« MARGUERITE. »

— Mon Dieu, dit la jeune femme, mon Dieu ne me faites pas comprendre !

Cependant, elle prit les lettres et fiévreusement

les parcourut. Pauvres lettres d'amour si palpitantes encore! plaidoyer poignant de l'adultère, de cet adultère où la société, les parents, les préjugés avaient jeté deux cœurs honnêtes faits pour s'aimer en dépit de tous!

... Ah! oui, la jeune femme comprenait maintenant l'étrange ressemblance, qu'à leur première entrevue. Sylvain avait trouvée entre elle et sa sœur morte. Elle avait l'explication du nom de Marguerite donné à celle-ci par le père en souvenir de la morte aimée, sans doute, et de la ressemblance de la miniature avec son Sylvain à elle — son frère!

— Mais c'est effroyable! cria-t-elle, effroyable!... Mon affection a dégénéré; c'est d'amour que nous nous aimons, d'amour!... Le feu qui vous dévorait, chers amants, a brûlé nos deux cœurs à nous aussi, et c'est votre amour qui y palpite encore — l'amour coupable!

Ah! ma Mère, ma Mère, pourquoi m'avoir si longtemps scellé la vérité! Pourquoi ta confession n'est-elle pas venue m'éclairer, quand la Destinée me conduisait vers Sylvain, quand le sentiment de fraternité qui nous attirait l'un vers l'autre, nous suffisait encore. Ah! pourquoi! — La vie eût pu être belle! être bonne! Maintenant c'est trop tard. La Mort est la seule solution possible. Et comme toi ma mère, qui n'as pu survivre au déshonneur, au scandale de l'adultère révélée, je vais aller demander à la tombe le repos dont j'ai tant besoin.

... Sylvain, Sylvain, mon frère, adieu! Adieu nos

rêves ! nos espoirs ! nos baisers ! notre amour ! Tous vous êtes coupables ! Sylvain, mon frère, nous ne devons plus nous revoir !

Brisée, folle, Claire demeura un instant accablée sous le poids de l'effroyable vérité.

Puis elle prit le coffret, y remit soigneusement les lettres, les bijoux, le referma, et écrivit l'adresse :

— Docteur Silvain, rue Rochechouart.

Cependant elle hésitait encore.

Pourtant, il n'y avait pas de doute possible ; la vérité était bien telle qu'elle l'avait entrevue après la confidence de la mourante. Elle se souvenait des quelques paroles échappées jadis à Sylvain, sur un drame d'amour dont son père avait été le héros. C'est à la suite de cette triste histoire que le père du jeune homme et sa famille s'étaient retirés à Bordeaux.

La jeune femme se leva, remit un peu d'ordre dans sa toilette, arrangea son visage, et sonna sa femme de chambre.

— Partez immédiatement porter ceci au docteur Silvain. Je vous donne congé pour ce soir, ainsi qu'à Marie. Je suis très souffrante, je vais me retirer dans ma chambre ; j'en défends l'entrée à qui ce soit ; vous ne viendrez m'éveiller que demain très tard dans la matinée. Allez, et qu'on ne me dérange pas !

La jeune domestique se retira.

— Madame a l'air malade, en effet, pensa-t-elle, en face du visage décomposé de Claire de Solesme.

La femme de chambre partie, Claire s'assit devant son secrétaire et fiévreusement écrivit :

« Ceci est mon testament, fait le 31 octobre 1900, à 8 heures du soir, moi, jouissant de toute la plénitude de mes facultés.

« J'adresse d'abord mes remerciements sincères et l'expression de ma reconnaissance, à celui qui depuis un an m'a donné le bien-être dont je suis entourée ; qu'il trouve ici mes adieux. J'emporte l'espoir que l'estime qu'Henri avait pour moi le fera s'incliner devant mes dernières volontés, que j'exprime ci-dessous.

« Je lègue tout ce que j'ai ici d'argent, de bijoux, de meubles à Mlle Maria Dupont qui m'a autrefois rendu de grands services. J'avais promis d'assister et d'aider aux fêtes de son mariage ; je la convie au mien d'abord : triste mariage qu'elle me pardonnera.

« Quant à moi, je veux que mon corps soit très simplement porté au lieu où il doit reposer.

« Le docteur Silvain qu'on préviendra immédiatement après mon décès, pourvoira aux frais d'inhumation.

« Que les personnes qui m'ont connue, ne parlent jamais de moi, qu'elles fassent tout pour m'oublier. Que jamais une pensée de souvenir ne vienne rappeler à la terre, celle qui est si heureuse de la quitter.

« CLAIRE GERMAIN. »

Quand la femme de chambre de Mme de Solesme se présenta chez le docteur Silvain, celui-ci venait d'être appelé chez un malade.

La domestique laissa la cassette, puis elle courut retrouver Marie, la cuisinière, qui, en compagnie de son amoureux, l'attendait pour passer gaîment cette soirée de liberté.

Le lendemain matin, comme les deux jeunes femmes, lasses encore de leur nuit de plaisir, descendaient de leur chambre, elles trouvèrent à la porte de l'appartement de Mme de Solesme, le docteur Silvain qui attendait déjà.

— Mme de Solesme ? demanda-t-il brièvement.

— Madame doit encore reposer.

— Allez la prévenir sans retard, que je désire lui parler.

— C'est impossible, Monsieur. Madame a donné ordre qu'on la laisse dormir tard.

— Il faut absolument que je la voie. Elle ne pourra vous en vouloir de la réveiller pour lui annoncer ma visite.

Pendant ce dialogue, la porte avait été ouverte ; le docteur Silvain pénétra dans l'entrée.

Il lui parut qu'une étrange odeur régnait dans l'appartement.

— Allez vite prévenir Mme de Solesme, commanda-t-il encore.

La femme de chambre traversa l'appartement pour se diriger vers la chambre de Madame. La porte était fermée.

Elle frappa, pas de réponse ; elle frappa plus fort ; rien.

L'effroi commença à gagner la jeune femme, d'autant plus qu'une sorte de fumée avait envahi le boudoir où elle se trouvait.

— Madame ne répond pas, haleta-t-elle. Pourvu qu'il n'y ait pas de malheur.

Avant qu'elle ait achevé, le docteur Silvain était devant la porte de Claire qu'il heurtait violemment. Rien, toujours rien. Alors, rassemblant toutes ses forces, d'un violent coup d'épaule, le jeune homme enfonça la porte.

Aussitôt une odeur caractéristique — l'oxyde de carbone — se répandit dans l'appartement, suffocant les personnes présentes.

— Ouvrez toutes les fenêtres, cria le docteur.

Et il se précipita dans la chambre.

Sur le lit, Claire était étendue, inerte.

Le docteur se pencha vers elle, aucun souffle ne passait sur ses lèvres violettes. Il prit sa main, elle était glacée.

Le décès remontait à trois heures au moins.

— C'est fini, dit-il, Madame de Solesme n'est plus.

La femme de chambre, la cuisinière s'étaient approchées curieuses et navrées.

D'un geste, Sylvain les écarta.

— Qu'on me laisse seul, dit-il, la voix brisée, le visage si pâle qu'on l'eut dit, lui aussi, frappé mortellement.

Les deux femmes, s'inclinant devant la volonté du médecin, s'éloignèrent à regret.

Le docteur revint au lit, prit la main de la morte et y appuya ses lèvres.

— Pauvre enfant murmura-t-il.

Puis il avisa, près de lui, sur le tapis, un feuillet tombé et sur lequel apparaissaient des traces d'écriture.

Il prit et lut. C'étaient les dernières pensées, derniers cris de souffrance et d'amour, de celle qui gisait là, inanimée, devant lui.

31 octobre, 10 heures du soir.

« Sylvain, Sylvain, mon frère, tu sauras toute la vérité quand tu liras ces lignes ; la vérité douce... la vérité triste ; celle qui jadis m'aurait fait vivre, et qui aujourd'hui me fait mourir.

« Sur ma vie flétrie, heureuse, je vais fermer les yeux pour toujours, car la terre a été pour moi un lieu de supplices.

« Je crois à la survie. J'espère que le meilleur de moi, mon cœur, mon âme pourront encore demeurer près de toi et t'aimer.

« Que ta pensée appelle souvent la mienne, car à cette heure, oui, j'en ai la conviction absolue, mon cœur ne va pas cesser de battre ; avec ma vie ne va pas s'éteindre l'amour que j'ai pour toi.

« La nature s'est trompée en nous faisant frère et sœur, car elle nous a donné l'âme des amants qui nous ont créés... J'ai hâte de quitter ces liens charnels qui nous font coupables, de m'envoler dans la grande liberté de l'infini.

« Je t'aime... Avec ta pensée, je vais m'endormir.

« Tout est préparé. La Mort est là, à mon chevet et je lui souris.

« Ne me pleure donc pas. Toi dont la vie peut être utile, accepte courageusement ta tâche ; soulage les souffrances de la pauvre Humanité.

« Je te dis à toujours !

CLAIRE. »

Un peu plus bas, d'une écriture tremblante irrégulière, la mourante avait encore écrit.

... « L'hallucination commence... De ses ailes la mort m'effleure... Ma tête est en feu, et cependant des rêves radieux me bercent et annihilent la souffrance... Mon cœur bat, mais dans l'amour et non dans la douleur... J'ai la vision éblouissante de ce jour de joie où nous nous sommes fait nos premiers aveux... Des images passent... ma vie... Voilà mon enfance... ma jeunesse... l'amour... la souffrance... la mort... Adieu ! »

Les yeux pleins de larmes, Sylvain prit le papier, le baisa et le serra sur son cœur.

Puis se penchant sur la morte, il effleura de ses lèvres, la bouche glacée.

— Oui, mon amie, je crois en tes dernières paroles. Tout de toi n'est pas mort. Sur terre tu n'as connu que la douleur, ailleurs tu dois connaître la joie. Et ton âme tressaillera sous la caresse de ce baiser que la mort purifie. Adieu, chère âme ! Ton souvenir me sera toujours présent, et si ma vie peut être utile à tes sœurs en souffrance, c'est toi qu'elles devront bénir. Adieu !

Il s'inclina une seconde fois, respectueux, puis ouvrant la porte :

— Que l'on aille prévenir le commissaire, commanda-t-il, que Mme de Solesme s'est suicidée.

Courbevoie. — Imprimerie E. BERNARD, 14, rue de la Station.

Petite Encyclopédie pratique DE CHIMIE INDUSTRIELLE

Publiée sous la Direction de

F. BILLON, ingénieur-chimiste

Avec la collaboration de M. Auguste PERRET, licencié ès sciences.

Cette petite **Encyclopédie pratique de chimie industrielle** s'adresse à tous ceux qui considèrent qu'il est de leur devoir comme de leur intérêt de ne rien ignorer du mouvement scientifique contemporain.

Aussi dans ces trente volumes ne trouvera-t-on que l'exposé simple, en langage aussi débarrassé que possible de tout terme savant, des faits qui sont nécessaires pour comprendre les principales fabrications industrielles.

Démontrer l'importance du mouvement commercial auquel donne lieu l'industrie chimique ; indiquer à chacun une utilisation possible de ses capitaux en permettant de se rendre compte rapidement des conditions d'établissement de certaines exploitations minières ou agricoles, donner à tous ceux qui emploient les produits chimiques la connaissance de leurs origines, de leurs propriétés ; leur permettre de les utiliser et même souvent de les fabriquer au mieux de leurs intérêts, tel est le but de cette œuvre modeste mais que nous croyons utile.

Prix du volume broché **1 fr. 50**, relié **2 francs**, et la collection complète brochée

Prix : **40 f.**

1. — **Histoire de l'industrie chimique.** — La Chine, l'Inde, l'Egypte. — La Grèce, Rome. — Le moyen âge. — Le XVIe siècle. — Le XVIIe siècle. — Le XVIIIe siècle. — L'industrie moderne, principes de nomenclature et de notation chimique.
2. — **Le sel.** — Propriétés. — Distribution géologique. — Exploitation : marais salants, carrières et mines, sources salées. — Evaporation, eaux-mères. — Industrie de Stassfurt. — Raisons physiologiques de l'emploi du sel.
3. — **Soude et potasse.** — Définitions. — Soudes naturelles, soude Leblanc, soude à l'ammoniaque. — Soude électrolytique. — Borate de soude. — Potasses naturelles, potasse de Stassfurt. — Potassium et sodium.
4. — **Soufre et dérivés.** — Exploitation du soufre natif et des pyrites. — Acide sulfureux, sulfites, hyposulfites. — Acide sulfurique. — Sulfure de carbone.
5. — **Chlore et dérivés.** — Chlore, hypochlorites, blanchiment. — Acide chlorhydrique, chlorate de potasse électrolytique. — Brome, iode et dérivés.
6. — **Produits nitrés et ammoniacaux.** — Ammoniaque, sources diverses, fabrication de l'ammoniaque et de ses sels. — Nitrates de potasse et de soude. — Acide nitrique. — Cyanures.
7. — **L'eau.** — Propriétés. — Eau potable. — Bactériologie. — Eau filtrée, eau stérilisée, eau distillée. — Purification industrielle. — Eaux gazeuses. — Glaces.
8. — **Le sucre.** — Sources. — Extraction. — Raffinage. — Usages, confiserie, chocolats, sirops.
9. — **L'alcool.** — Fermentation alcoolique. — Matières premières. — Distillation, produits et résidus. — Alcools de consommation et d'industrie. — Propriétés et emplois, toxicité, hygiène.

10. — **Vins et vinaigres.** — Levures, culture et sélection. — Fermentation, opérations qui la précèdent et la suivent. — Ses correctifs. — Maladies, altérations et sophistications des vins. — Vinaigres.

11. — **Bière, cidre, poiré.** — Bière, matières premières. — Germination. — Fermentation. — Conservation. — Cidre et poiré.

12. — **Farines et fécules.** — Céréales. — Obtention des farines. — Panification. — Gluten, pâtes alimentaires. — Amidon, dextrine. — Fécules.

13. — **Lait, corps gras alimentaires.** — Lait, production, conservation, composition, altérations et falsifications. — Beurre. — Beurre artificiel. — Fromages. — Axonge, huiles alimentaires.

14. — **Conserves alimentaires.** — Procédés physiques. — Dessiccation. — Froid. Enrobage. — Privation d'air. — Procédés chimiques. — Application aux diverses substances. — Viandes et comestibles. — Poissons. — Lait. — Légumes et fruits. — Confitures et gelées.

15. — **Matières animales.** — Cuirs, tannage. — Peaux ouvrées. — Gélatine, colles. — Noir animal. Albumines diverses.

16. — **Engrais.** — Matières végétales et animales. — Engrais chimiques, nitrates, phosphates, sels de potasse. — Chimie du sol.

17. — **Le bois.** — Conservation. — Distillation. — Pâtes à papier.

18. — **L'industrie des gaz.** — Liquéfaction de l'acide carbonique, du chlore, de l'oxygène, de l'acide sulfureux, de l'ammoniaque. — Froid artificiel. — Les gaz éclairants : gaz de houille, « gaz pauvres. » — Acétylène.

19. — **Le pétrole.** — Géologie, formation, gisements. — Exploitation. — Distillation. — Sous-produits et leur utilisation.

20. — **Corps gras industriels.** — Saponification, théorie. — Matières premières. — Huiles et graisses diverses. — Agents de saponification. — Savons divers. — Bougies. — Acide stéarique. — Glycérine.

21. — **La parfumerie.** — Essences naturelles, extraction. — Parfums artificiels, composition et fabrication. — Savons, eaux de toilette, préparations diverses.

22. — **Vernis, mastics et enduits.** — Matières premières, résines, caoutchouc, gutta. — Vernis divers. — Encres et cirages. — Mastics isolants et hydrofuges.

23. — **Teinture et impression.** — Couleurs végétales, couleurs d'aniline, composition et fabrication. — Impression.

24. — **Couleurs minérales.** — Blancs divers. — Rouges, cinabre, minium. — Bleu outremer. — Verts. — Bronzes en poudre. — Couleurs pour la verrerie et la céramique.

25. — **Explosifs, pyrotechnie, allumettes.** — Poudres, dynamites, fulmi-cotons, fulminates. — Pyrotechnie. — Phosphore, allumettes diverses.

26. — **Métaux terreux.** — Calcium, chaux, mortiers, ciments, plâtre. — Magnésium, terres rares. — Aluminirum, argiles, aluns.

27. — **Fer, fontes et aciers.** — Minerais, distribution géologique, composition. — Fabrication. — Définition des fers, fontes et aciers industriels. — Emplois.

28. — **Cuivre, plomb, mercure.** — Géologie, extraction, métallurgie. — Applications.

29. — **Zinc, étain, nickel, cobalt.** — Géologie, extraction, métallurgie. — Applications.

30. — **Or, Argent, Platine.** — Géologie, extraction, métallurgie. — Applications.

Collection complète en 30 volumes

PRIX du Volume broché : **1 fr. 50** — La collection brochée : **40 fr.**
— — relié : **2 fr.** — — reliée : **50 fr.**

Petite Encyclopédie pratique

AGRICOLE ET HORTICOLE

PUBLIÉE SOUS LA DIRECTION DE

M.-C. LECHALAS, Inspecteur gén. des Ponts et Chaussées en retraite.

Duclaux (E.), membre de l'Institut, Directeur de l'Institut Pasteur. — **Principes de laiterie.**

Chapitre I. Constitution physique du lait. — Chap. II. Constitution chimique du lait. — Chap. III. Les microbes du lait. — Chap. IV. Etude de quelques fermentations spéciales. — Chap. V. Méthode d'analyse du lait. — Chap. VI. Traitement commercial du lait. — Chap. VII. Ecrémage naturel. — Chap. VIII. Ecrémage centrifuge. — Chap. IX. Barattage du lait ou de la crème. — Chap. X. Le beurre. — Chap. XI. — Principes généraux de la fabrication des fromages. — Chap. XII. Etudes des divers types de fromages. — Chap. XIII. Fromages à pâte ferme et non cuits. — Chap. XIV. — Fromages à pâte molle.

Un volume in-18 jésus, de 370 pages avec 25 figures. Prix : **3 fr. 50**

Gain (Georges), juge d'Instruction. — **Les Syndicats professionnels agricoles.**

Nouveau commentaire de la loi du 21 mars 1884, suivant la doctrine et la jurisprudence, et examen critique des propositions de loi présentées par MM. Marcel Barthe, Bovier-Lapierre, Lachèze et Méline.

Un volume in-18 jésus, de 377 pages. Prix : **2** fr.

Heuzé (G.), insp. gén. de l'Agriculture. **La petite culture agricole, légumière et fruitière, dans les campagnes et aux environs des villes.**

Chapitre I. La petite culture dans les régions agricoles. — Chap. II. Les exploitants. — Chap. III. Les agents de la production. — Chap. IV. Le matériel de la petite culture. — Chap. V. Les plantes de la petite culture agricole. — Chap. VI. Les plantes de la petite culture légumière. — Chap. VII. Production des plantes herbacées. — Chap. VIII. Production et récolte des graines légumières. — Chap. IX. Le bétail de la petite culture. — Chap. X. Les volailles de la petite culture. — Chap. XI. Les lapins. — Chap. XII. Les abeilles. — Chap. XIII. Les vers à soie. — Chap. XIV. Les arbres fruitiers dans les champs de la petite culture. — Chap. XV. Le jardin de la petite culture. — Chap. XVI. Récolte, emballage et vente.

Un volume in-18 jésus, de 401 pages avec 121 figures. Prix : **2** fr.

Larbalétrier (A.), prof. d'Agriculture. — **Petit dictionnaire d'agriculture, de zootechnie et de droit rural.**

Un vol. in-18 jésus, de 199 pages, avec 23 fig. Prix cartonné : **2** fr.

Lechalas (M.-C.) inspecteur général des Ponts et Chaussées en retraite, et de **Lalande (H.)** avocat au Conseil d'État. — **Les Cours d'Eau. — Hydrologie. — Législation.**

1re Partie : Hydrologie. — Chapitre I. Généralités. — Chap. II. Torrents, lacs et rivières. — Chap. III. Petits cours d'eau et fossés de dessèchement. — Chap. IV. Cultures permanentes.

2e Partie : Législation. — Chapitre I. Des cours d'eau navigables et flottables. — Chap. II. Des cours d'eau non navigables ni flottables.

Un volume in-18 raisin de 348 pages avec 35 figures. Prix : **2** fr.

Nivoit (E.) insp^r gén. des Mines — **Eléments de Géologie.**
Cet ouvrage comprend les matières du programme de l'enseignement secondaire classique et moderne.
Chapitre I. Notions sommaires sur les roches. — Chap. II. Phénomènes naturels d'origine externe. — Chap. III. Phénomènes actuels d'origine interne. — Chap. IV. Constitution générale de l'écorce du globe. — Chap. V. Ere primaire. — Chap. VI. Ere secondaire. — Chap. VII. Ere tertiaire. — Chap. VIII. Ere quaternaire. — Chap. IX. — Géologie de la France.
Un vol. in-18 jésus, de 359 pages avec 156 fig. et 1 carte géologique. Prix : **2** fr.

Petit (P.) professeur à la faculté des sciences de Nancy. — **Nutrition et production des animaux, bœuf, cheval, mouton, porc.**
Chapitre I. Les Aliments. — Chap. II. Description des matières alimentaires. — Chap. III. Le corps de l'animal et ses fonctions. — Chap. IV. Production des animaux. — Chap. V. Espèces bovine. — Chap. VI. Espèce Ovine. — Chap. VII. Espèce chevaline. — Chap. VIII. Espèce porcine. — Tables des compositions des matières alimentaires.
Un volume in-18 jésus de 331 pages. Prix : **2** fr.

Pion (Ernest), vétérinaire-inspecteur du marché de la Villette. — **Le commerce de la boucherie.**
Chapitre I. Renseignements généraux. — Chap. II. Elève et engraissement des bestiaux. — Chap. III. Commerce des bestiaux. — Chap. IV. Commerce de la boucherie en gros, ou commerce à la cheville. — Chap. V. Commerce de la boucherie, de la charcuterie et de la triperie. — Chap. VI. La viande : qualités, catégories ; fournitures aux établissements publics. — Chap. VII. Détails des prix de la boucherie dans les villes et dans les campagnes. — Chap. VIII. Abaissement possible du prix de la viande. — Chap. IX. Inspection de viandes. — Chap. X. Organisation de la vente aux consommateurs à Paris et en province. — Chap. XI. Boucheries hippophagiques. Reglements. — Chap. XII. Conclusion.
Un vol. in-18 jésus, de 359 pages avec fig. et 1 pl. Prix : **2** fr.

Renard (A.), professeur de chimie agricole à l'École des Sciences de Rouen. — **Amendements et engrais.**
Chapitre I. L'air. — Chap. II. — L'eau. — Chap. III. Le sol. — Chap. IV. Amendements. — Chap. V. Engrais azotés. — Chap. VI. Engrais phosphatés. — Chap. VII. Engrais alcalins. — Chap. VIII. Analyse des terres. — Chap. IX. Analyse et valeur vénale des engrais. — Tableau récapitulatif de la richesse en principes fertilisants des principales matières employées comme engrais. — Répression des fraudes dans le commerce des engrais.
Un volume in-18 jésus, de 124 pages avec figures. Prix : **2** fr.

Vilmorin-Andrieux. — Les légumes usuels.
Les légumes usuels sont disposés dans l'ordre alphabétique pour faciliter les recherches. On a inséré à la fin du second volume :
1° Un tableau résumé des poids du litre de graines, des nombres de graines dans un litre et des durées germinatives.
2° Un calendrier des Semis à faire dans chaque mois pour les différentes conditions de culture, avec indication des époques de production.
3° Un tableau détaillé des choix de plantes potagères pour les divers climats et les différentes conditions de culture.
4° Des listes d'assortiments de légumes pour jardins de diverses grandeurs.
Deux vol. in-18 jésus, ensemble 610 pages avec figures.
Prix : **3** fr. **50** par volume.

L'introduction de cette excellente étude, a été écrite par M. H. de Vilmorin.

Prix de la collection complète des 11 volumes : **25** francs.

NOMENCLATURE DES OUVRAGES DE LA COLLECTION

1. — **Terrassements, Fondations, Echafaudages.** — Fouilles. — Sondages. — Outils pour sondages. — Fouilles en puits, en sous-œuvre. — Fouilles sous l'eau. — Pilotis. — Poussée des terres. — Echafaudages. — Poids du mètre cube des principaux matériaux de construction. — Proportions des diverses parties d'une construction.

2. — **Matériaux de construction** (*Emploi et résistance*). — Sables. — Cailloux. — Pierres naturelles. — Matériaux artificiels. — Calcaires. — Plâtre. — Briques. — Mortiers, chaux, Ciments. — Bois. — Fonte, fer, acier, bronze, cuivre. — Traction. — Compression. — Flexion. — Torsion. — Tableaux numériques des charges de rupture et des coefficients de travail des divers matériaux suivant leur emploi.

3. — **Maçonnerie en général.** — Maçonnerie de pierres de taille, de moellons, de meulière, de briques, de béton, de ciment. — Murs de fondation, de façade, de clôture, de soutènement, de réservoirs. — Appareils divers des pierres. — Murs creux et murs en briques creuses. — Conduites de fumée. — Fosses d'aisances. — Chaînage des murs. — Baies, linteaux, arcs de décharge, portes, fenêtres, meneaux, pilastres en pierre. — Voûtes en berceau, d'arête, en arc de cloître, en anse de panier. — Cubature et stabilité des voûtes. — Escaliers en pierre.

4. — **Charpente en bois.** — Assemblage des bois. — Poteaux, Poitrails et planchers en bois. — Poutres armées. — Maîtresses-poutres. — Distribution économique des solives dans un plancher. — Charge des planchers en bois. — Combles. — Distribution économique des pannes dans une ferme. — Comble à la Mansard. — Combles pour magasins et ateliers. — Calcul d'un comble et d'un appentis.

5. — **Menuiserie en bois.** — Menuiserie intérieure. — Lambris. — Impostes. — Fenêtres et portes. — Persiennes, volets, jalousies. — Parquets. — Tracé des escaliers. — Escaliers en bois. — Ascenseurs. — Monte-charges. — Echelles de sauvetage pour incendies. — Clôtures, treillages. — Constructions rustiques.

6. — **Charpente en fer.** — Planchers, colonnes, pilastres et poitrails métalliques. — Charge des colonnes, des planchers en fer et acier. — Planchers métalliques hourdés en poteries ou en briques. — Planchers constitués par des poutrelles courbes métalliques. — Planchers en ciments armés. — Pans de fer. — Combles métalliques. — Appentis en bois et fer. — Comble Polonceau. — Combles à panneaux. — Combles Pombla. — Combles en tôle ondulée. — Combles Shed. — Hangars. — Distribution économique des pannes dans un comble métallique.

7. — **Serrurerie et Menuiserie en fer.** — Serrures. — Ferme-portes. — Portes et fenêtres métalliques. — Fermetures de magasins en fer et tôle. — Escaliers en fer, fonte, tôle, zinc. — Ferronnerie. — Grilles. — Marquises.

8. — **Peinture, Vitrerie, Décoration, Carrelages.** — Légers ouvrages en plâtre : enduits, renformis, crépis, moulures, corniches. — Cloisons légères. — Aires de planchers. — Plafonds. — Peinture, vitrerie. — Papiers de tenture. — Marbrerie. — Décoration intérieure et extérieure. — Pavage en grès, en asphalte, en briques, en ciment, en bois. — Pavages et carrelages céramiques. — Mosaïques. — Pavages en verre. — Trottoirs. Voies publiques, cours.

9. — **Fumisterie, Chauffage, Ventilation, Eclairage, Electricité.** — Cheminées, Poêles, Calorifères. — Ventilation domestique. — Girouettes. — Eclairage. — Gaz. Conduites de gaz. — Electricité à la maison. — Téléphonie. — Paratonnerres.

10. — **Distribution d'eau, Assainissement.** — L'eau à la maison. — Conduites d'eau. — Evacuation des matières usées. — Le tout à l'égout. — Appareils sanitaires. — Filtres, réservoirs, robinets, éviers, bassins, jets d'eau, pompes, puits, citernes. — Hygiène des habitations. — Water-closets, urinoirs. — Bains.

11. — **Couverture, Plomberie, Zincage.** — Couverture en planches, en carton bitumé, en tuiles, en ardoises, en tôle ondulée, en plomb, en cuivre, en zinc, en produits céramiques. — Pente et charge des combles suivant leur destination. — Chêneaux, gouttières. — Plomberie sanitaire, etc.

12. — **Lois et règlements concernant la construction.** — Droits du propriétaire et du locataire. — Honoraires. — Métrage. — Vérification.

Petite Encyclopédie Électro-Mécanique

PUBLIÉE SOUS LA DIRECTION DE

H. de GRAFFIGNY, Ingénieur civil

N° 1, 2e édit. Manuel élémentaire d'électricité industrielle.

I. Nature de l'électricité, comparaison avec l'hydraulique. Lois diverses. — II. Générateurs hydro-électriques, accumulateurs et piles. — III. Mesure des courants, étalons, appareils de mesure. — IV. Electro-magnétisme et électro-dynamique, lois. — V. Générateurs mécaniques d'électricité. Réversibilité. — VI. Générateurs thermo-électriques et divers. — VII. Production de la lumière électrique. — VIII. Production des signaux, télégraphes et téléphones. — IX. Phénomènes électro-chimiques.

N° 2, 2e édit. Conducteur de Dynamos et Moteurs électriques.

I. Dynamos à courant continu. — II. Fonctionnement des dynamos. — III. Construction des dynamos. — IV. Installation et conduite des dynamos. — V. Entretien et réparation des dynamos. — VI. Fonctionnement des alternateurs. — VII. Les alternateurs. — VIII. les moteurs électriques. — Appendice.

N° 3. Les piles et les Accumulateurs.

I. Fonctionnement des piles et classification. — II. Description des piles usuelles. — III. Entretien des piles. — IV. Fonctionnement des accumulateurs. — V. Description des accumulateurs. — VI. Montage et installation des accumulateurs. — VII. Charge et décharge, soins d'entretien. — VIII. Accessoires de manœuvre des batteries. — IX. Groupes électrogènes à piles. — Appendice.

N° 4. Les canalisations électriques.

I. Méthodes diverses de distribution des courants continus. — II. Canalisations aériennes à courants continus. — III. Canalisations souterraines. — IV. Distribution par courants alternatifs à haute tension. — V. La fabrication des fils, câbles et accessoires. — VI. Pose des canalisations, jonction des fils. — VII. Soins d'entretien des lignes, réparations. — VIII. Calcul des canalisations.

N° 5. Chauffeur-Conducteur de Machines.

I. Fonctionnement d'une machine à vapeur. — II. Descriptions des systèmes actuels. — III. La chaudière, calcul, disposition. — IV. Les appareils de sûreté. — V. Conduite du feu. — VI. Alimentation, les incrustations. — VII. Soins d'entretien et de réparation des pièces de la chaudière. — VIII. Mécanisme moteur, détail des pièces, description. — IX. Mise en place et en marche d'un moteur. — X. Détente, marche économique, etc. — XI. Soins d'entretien et de réparations.

N° 6, 2e édit. Conducteur de Moteurs à gaz et à pétrole.

I. Fonctionnement d'un moteur à gaz. — II. Description des principaux systèmes de moteurs à gaz. — III. Conduite des moteurs à gaz. — IV. Soins aux divers organes, huiles de graissage. — V. Les moteurs à essence (air carburé). Description. — VI. Conduite et entretien des moteurs à essence. — VII. Moteurs à pétrole lampant, avantages et inconvénients. — VII. Les moteurs à gaz pauvre, descriptions. — IX. Les gazogènes. — X. Appendice, tableaux divers.

N° 7. — Guide pratique d'éclairage électrique.

I. La lumière électrique, historique. — II. Distributions d'éclairage, stations centrales, procédés divers. — III. Description des lampes à arc. — IV. Branchement et pose des arcs, mise en marche, entretien. — V. Démontage et réparation des lampes à arc. — VI. Fabrication des lampes à incandescence. — VII. Appareillage de distribution, tableaux, rhéostats, coupe-circuits, douilles, etc. — Appareils de lumière divers, projecteurs, microscope photo-électrique, etc. — Appendice.

N° 8. — Le Monteur-Appareilleur-Électricien.

I. Travaux du monteur, outillage. — II. Pose des canalisations domestiques, jonctions, épissures des fils, etc. — III. Pose des lampes à incandescence, isolement des fils. — IV. Appareils de mesure, compteurs, etc. — V. Soins d'entretien, cassage des lampes, courts-circuits. — VI. Installation d'un moteur ou d'une dynamo, mise en marche, etc. — VII. Montage de divers appareils électriques.

N° 9. — Transport électrique des forces.

I. Transmission de l'énergie, théorie, historique. — II. Les moteurs hydrauliques actuels. — III. Stations électriques avec moulins à vent. — IV. Transformateurs par courant continu. — V. Transport par courants alternatifs. — VI. Les transformateurs à haute tension. — VII. Installation d'une station pour l'envoi de la force. Machines à employer, etc. — VIII. Installation et soin des moteurs à courants continus et alternatifs polyphasés. — IX. Les tramways électriques, systèmes divers.

N° 10. — Réseaux téléphoniques et sonnettes.

I. Les sonnettes électriques, description des divers modèles. — II. Pose des sonnettes, outillage, soins d'isolement, plans de pose. — III. Entretien de sonnettes, nettoyage, piles. — IV. Fonctionnement du téléphone et du microphone. — V. Description des appareils en usage. — VI. Installation de deux postes magnétiques. — VII. Pose des lignes, isolement des fils, soins divers. — VIII. Remèdes contre l'induction (friture), réparations des lignes et des postes. — IX. Renseignements divers sur les téléphones.

N° 11. — Manuel de l'Electro-Chimiste.

I. — Théorie des dépôts électrolytiques, historique. — II. Appareillage pour l'électro-chimie, dynamos, piles, bacs, cuves, conducteurs. — III. Galvanoplastie de moulage, les bains. — IV. Le cuivre, affinage, dépôt électrolytique. — V. La dorure et l'argenture. — VI. Le nickelage. — VII. Conduite des bains, densité de courant. — VIII. Formules et recettes. — Appendice.

N° 12. — L'Électricité pour tous.

I. Générateurs d'électricité domestiques, piles et machines. — II. Lumière électrique domestique par piles. — III. Lumière domestique par dynamos et machines. — IV. Moteurs domestiques, emplois divers. — V. La cuisine électrique. — VI. Pose des sonnettes, téléphones, avertisseurs domestiques. — VII. Les allumoirs et appareils divers. — VIII. Electricité médicale. — IX. Les appareils Trouvé.

Prix de chaque volume : broché. **1 fr. 50** relié. **2 fr.**

La collection de 12 volumes : brochés **15 fr.** reliés **20 fr.**

Petite Encyclopédie
Scientifique et Industrielle

PUBLIÉE SOUS LA DIRECTION
de **Henry de GRAFFIGNY**
INGÉNIEUR CIVIL

La Télégraphie sans Fil

Le mouvement de la nature. — Historique de l'art des signaux. — Télégraphie sans fil par ondes lumineuses, par ondes électro-magnétiques, par ondes électriques. — Les expériences de Marconi. — L'appareillage de télégraphie sans fil et les expériences de M. Ducretet. — Expériences diverses : Popoff, Tesla, etc. — Applications de la télégraphie sans fil.

Un volume de 160 pages et 43 figures. *Prix :* **1 fr. 50**

Les Nouveaux Ascenseurs

Définition et classification des ascenseurs. — Les ascenseurs à puits, à compensateurs, sans puits, électriques, hydro-électriques, à air comprimé. — Les manœuvres et la sécurité des ascenseurs. — Les monte-charges. — Les ascenseurs hydrauliques pour bateaux et pour chemins de fer.

Un volume de 160 pages et 57 figures. *Prix :* **1 fr. 50**

Les Nouveaux Systèmes de Chauffage

I. Production et utilisation de la chaleur. Théorie et classification des appareils de chauffage. — II. Le chauffage par le soleil. — III. Chauffage par cheminées et grilles au bois, au coke, à la houille, aux agglomérés, etc., etc. — IV. Chauffage par l'air chaud, calorifères et poêles. — V. Chauffage par la vapeur à haute et à basse pression. — VI. Chauffage au gaz. — VII. Chauffage par le pétrole, l'essence, l'alcool. — VIII. Le chauffage électrique.

Un volume de 160 pages et 48 figures. *Prix :* **1 fr. 50**

L'Opticien
Guide historique et pratique

Par JACQUEMIN

Historique de la lunette et de la fabrication du verre. — Fusion du verre. — Verre de couleurs. — Cristal de roche. — Myopie. — Presbytie. — Strabisme. — Choix des verres et des montures. — Verres périscopiques et sphéro-cylindriques. — Cataracte. — Anatomie de l'œil. — Mécanisme de la vision. — Vision. — Prismes. — Jumelles à prismes. — Optomètres. — Sphéromètre. — Lunette astronomique. — Jumelle de théâtre et de marine. — Tableau comparatif des anciens numéros sur les Dioptries. — Divers caractères d'écritures pour essayer la vue.

Un volume de 160 pages avec figures. *Prix :* **1 fr. 50**

Courbevoie. — Imp. E. Bernard, 14, rue de la Station.

Courbevoie. — Imprimerie E. Bernard.

www.ingramcontent.com/pod-product-compliance
Ingram Content Group UK Ltd.
Pitfield, Milton Keynes, MK11 3LW, UK
UKHW031901260826
14628UKWH00002B/905

9 782019 959838